KEITAI
SHOUSETSU
BUNKO
野いちご SINCE 2009

独占欲強めな総長さまは、

絶対に私を離してくれない。

朱 珠 *

JN020394

○ STARTS
スターツ出版株式会社

カバーイラスト／カトウロカ

他クラスの不良くん。
名は、牙城くんという。
テキトーで軽くて掴めない人。
甘くて強引で独占したがり。

「俺の機嫌、……どーやって直してくれる？」

そんな彼は、暴走族の総長、らしい。

ほわほわ癒し系女子【一般人】
朝倉 百々
Asakura Momo

×

百々以外はみんな敵【不良】
牙城 渚
Gazyo Nagisa

そんな、
危ない牙をむく不良くんの危ない溺愛。

独占欲強めな

総長さまは、絶対に私を離してくれない。

登場人物紹介

朝倉 百々
（あさくら もも）

見た目は、ほわほわしている普通女子。じつは、芯の強いしっかり者で、正義感が強いタイプ。牙城になぜか超絶気に入られている。

牙城 渚
（がじょう なぎさ）

暴走族・狼龍の総長。細かいことは気にしないで、計算せず本能で動くタイプ。百々のことを心から大切に思っている。

たちばなはなは
橘 花葉

流行を常に取り入れている今どきJK。
猪突猛進な元気っ子。百々の親友で、
よき理解者。

しいな みや
椎名 美耶

暴走族・狼龍の副総長。飄々とし
ていて面倒ごとは大嫌い。来る者
拒まず去るもの追わずタイプ。

かげの さちか
景野 祥華

普段は温厚だが、怒らせると怖
い。冷たく見えるが、じつは愛情
深い。牙城と敵対する暴走族・相
楽の総長。

あさくら なな
朝倉 七々

百々のふたごの姉。一見気が強そ
うに見えるが、根は誰よりも繊細
で、妹思いな一面を持つ。

contents

☆
☆ ☆
☆
☆

* 危険 *

とりあえず牙城くん

「あの……、朝倉さん！　ちょっと話があるんだけど」

「話……？　う、うん、えっと」

「ここじゃ話せないから……、廊下に出てもいい？」

「え、あの」

「お願いっ！」

　なにかに焦っているような、クラスメイトの佐倉くんの声に、反射的にうなずいてしまう。

　こんなに必死にお願いされて……、断るなんてこと、できるわけない。

　大事な話なんだろうし、ここじゃ言えないって、相当だもん。

　だから……。

『百々ちゃんの休み時間は俺のものだから、ほかの男とか禁止ね』

　……"彼"に言われたことなど、気にしない、気にしない……！

「わかった、とりあえず出よう……っ」

　佐倉くんは急いでいるようだし、わたしも同じように彼に言うと、嬉しそうにうなずいて廊下に出た。

　ふと、思う。

　今日は……、牙城くん、うちの教室に来ないのかな？

　ちらりと横の教室を見るも、彼がいる気配はない。

　ふだんは嫌というほど絡みにくるのに、わたしが探した
ときはなぜかいない。

　ほんと……牙城くんは不思議な人だ。

　頭の中の彼を振りはらい、首をぶんぶん振っていると、
佐倉くんが面白そうに笑っているから恥ずかしくなってす
ぐにやめた。

　それから佐倉くんについていって、来たのは階段裏。

　人けが少なくて、……というか、誰もいない場所。

　こんなところで話す内容なのかな……？

　そう疑問に思っていたら、佐倉くんは意思を固めたよう
に顔を上げた。

「あの、あ、朝倉さん！」

「はいっ、な、なんでしょう……！」

　急に大きな声を出され、わたしもつられて叫んでしまう。

　はたから見たら、とにかく奇妙な光景だろう。

「じつは……ずっと、朝倉さんのことが好……」

「あれー、百々ちゃんだ」

　やっと佐倉くんがなにかを言おうとした、その瞬間。

　ほんとにうまい具合にわたしに話しかけてきた人。

　——牙城くん。

　他クラスの、危ない不良くん。

「……な、なんで牙城くんがいるの……？」

　さっき、教室にいなかったのに。

　棒付きキャンディを口にくわえてわたしの後ろに立って

いる牙城くんにそう尋ねると、彼は片眉を上げた。

「百々ちゃんはさ、休み時間は誰と過ごさなきゃいけないんだっけ」

「え……、そんなの、知らないよ」

　目を泳がせて知らないふりをする。

　切れ長の瞳に見つめられて、言葉が出なくなって、うっと口を閉ざす。

　ガリッと、キャンディが割れた。

　これは……、牙城くんが怒っているときの、わかりやすい印だ。

「……なーに、百々ちゃんは言いつけ守れないの？」

　なんとも面白くなさそうに言う牙城くん。

　……そんな牙城くんの背後から出る真っ黒なオーラに、目を泳がせて耐えるのみ。

　ふだんは絶対、わたしの前では殺気立たないくせに、いまは別らしい。

　……きっと、彼はあのことを言ってるんだ。

　半ば強制的に約束させられた、

『朝倉百々の休み時間は牙城くんのもの』

　というルールのことを。

「……ご、ごめんね」

　謝る必要は、たぶん、どこにもない。

　でも、無理やりとはいえ約束したのはたしかに自分なわけで。

　約束を守らないのは、人としていけないこと。

　うつむいて謝ると。

「いーよ」

　牙城くんはそんなテキトーな返事をする。

「ところでさ」

　牙城くんは、まだまだ機嫌が悪い。

「俺がいない間に百々ちゃんに近づいてるおまえは誰？」

「……っえ、いや」

　わたしたちが会話をしていたところで、急に話題を振られ、怯える佐倉くん。

　佐倉くんの気持ちは、おおいにわかる。

　突然、他クラスの不良くんに睨まれるんだもん。

　……絶対、面倒だし怖いよ。

　脅しみたいな言葉を発するくせに、牙城くんという人は、しっかり笑ってる。

　目は……、怖いくらいに据わっているけれど。

「百々ちゃん狙ってんのね、うん、無理」

　ちょっと首をひねった牙城くん。

　バキ、とイケナイ音がして、サーッと佐倉くんの顔が青ざめる。

　ああ……、もう、またそんなことして！

「が、牙城くんっ！」

　ビシッと彼を指差す。

　なるべく、眉間にしわを寄せて怖い顔を作って。

「なーに、百々ちゃん。俺、いま怒ってるんだけど」

　気に入らないって目で見てくる牙城くんに首を振る。

「牙城くん。あのね、わたしのまわりの人を脅さないで」

　佐倉くんは、大事なクラスメイト。

　気さくでけっこう話しかけてくれる貴重な人なだけに、申し訳ない。

　……でも牙城くんという人は、話をまともに聞かないし、不良のせいか威圧感（いあつ）がすごいから。

　佐倉くんみたいに、怯えてしまうのもわかるもの。

　けれど。

　みんなが牙城くんを怖がる理由ナンバーワンは、"アレ"だ。

"牙城渚は【狼龍（ろうりゅう）】のトップで、彼を怒らせたら殺される"

　【狼龍】とはこのへんでもっとも恐（おそ）れられる……、暴走族、らしい。

　そんなもののトップだと知ったときは驚きすぎて、すぐに牙城くんに真相を問いつめた。

　否定するのかな、とか、否定してほしいかも、とか。

　そういう気持ちは、牙城くんの言葉であっさり砕（くだ）かれた。

『うん、まあそんな感じ。……あ、もしかして百々ちゃん不良苦手？』

　喧嘩（けんか）なんてしているイメージは……ありまくりだったけれど、なんだかんだ噂（うわさ）のひとり歩きだと思っていたから、だいぶショックだった。

　というのも、出会いがまず、ふつうではありえない状況（じょうきょう）だったから。

　そういうのも、いまはあまり気にせずに接しているんだ

けど……。

　わたしは……、慣れているから不良という存在にはほか
の人より恐怖感はなくて。

　そうやって、牙城くんをむやみに怖がらないわたしが、
彼は嬉しいんだそう。

『ももちゃん、ひとめぼれって……、信じる？』

　……あんな姿を見て、怖がるなんて、ありえないのに。

　ぎゅっと胸が締めつけられて、一度だけ深呼吸をして、
心を落ち着かせた。

　ふと牙城くんを見ると、わたしが佐倉くんをかばったの
が気に食わないのか嫌みのように言う。

「いや、もとは百々ちゃんが"お約束三か条"を破ったの
が悪いんでしょーに」

「それは……っ、そうだけど。……でも、まわりの人が、
牙城くんのことを危険な人だって勘違いするのが嫌なんだ
もん」

　牙城くんは、優しくていい人なのに。

　でも、みんな気づかない。

　噂ばかりの彼を認識していて、ちょっと悲しいの。

　毎夜、機嫌のままに人を殴っている、とか。

　仲間との喧嘩も絶えない、とか。

　いつも、違う女を連れている、とか。

　きっと、牙城くんは、そんな人じゃないのに。

　そうやってみんなに誤解されるのが、なんだか苦しくてもやもやしてしまう。

　だから、なるべく危なくて喧嘩腰の言動は控えてほしいって思ったんだけど……。

「……えー、やっぱそーいうとこだよなあ、百々ちゃんって」

　急に、声が優しくなった。

　雰囲気もやわらかくなって。

「……っつーことでさ、おまえ、どっか行けよ」

　佐倉くんに、にこっと軽く笑みを向けた。

　……牙城くんの言い方がひどすぎて唖然としていたら、佐倉くんはもっと青くなってコクコクとうなずき、金縛りから解けたように我に返ってダッシュで去っていった。

「ちょ、牙城くん!?」

　だから、脅さないでって……！

　さっきまでの会話はいったいなんだったの!?

　というか、速すぎて、もう佐倉くんの姿が見えないんだけど……！

　思わずつめよると、牙城くんはにこにこしながらわたしに腕を回し、言う。

「ぷりぷりしてんね、カワイー百々ちゃん」

「んな……っ、は、離して！」

　許可なく抱きつかないで……!!

　彼を少し見上げると、端正な顔立ちにドキッとした。

　無造作に整えられたシルバーの髪。

　女の子が憧れるほどの美しい二重幅。

　左耳に付いた２つのピアスが色っぽい。

　薄くて妖艶な唇は弧を描いていて。

　わたしが男の人に慣れていないことを知ってるかのように、牙城くんは優しく触れてくる。

　だけど、ただ腕をほどこうとしてもビクともしない。

　それに、まったくわたしの話は聞いていないらしく。

「えー無理。……だってさあ、なんか俺、百々ちゃんに睨まれると興奮すんの」

「……こ!?」

　やだやだ、なに言ってるのこの人!?

　恥ずかしさが突然増して、牙城くんの腕の中でジタバタと暴れて抵抗する。

「暴れんなってー」

　クスクス笑ってわたしをなだめる牙城くん。

　これじゃあ、まるでダダをこねる子どもと、その親だ。

　身長もぜんぜん違いすぎて顔が遠い。

　いろいろ考えてじっと牙城くんの綺麗なお顔を眺めていたら、彼は不思議そうに首を傾げた。

「どーしたの、百々ちゃん」

　少し身をかがめて視線を合わせる牙城くん。

　なんだか彼氏彼女という関係じゃないのに近距離で、戸惑ってしまう。

「な、んでもない……っ」

　プイッと顔を背けると、牙城くんはなぜか嬉しそうに笑った。

「百々ちゃんってカワイーよね、まじで」

　きっとお世辞だし、牙城くんはこういうことを平気で言っちゃう人間だから、いちいち気にしていたくない。

　でも、やっぱりなぜか嬉しくて恥ずかしくて。

　なにか話をそらせないかと考える。

　ひとつ、浮かんだ。

「あ……、そういえば、ほかの【狼龍】の人たちと一緒にいるところを見たことないけど、牙城くんって本当に【狼龍】のトップ……なんだよね？」

　考えてみれば、【狼龍】について詳しく尋ねたことはない。

　彼が【狼龍】の総長で毎夜、闇に潜んでいるのは知っていることなんだけどね。

　いまさらのように聞いてきたわたしに、牙城くんは表情を少しも変えずに答えてくれた。

「うん、いちお」

「……いちおう？」

「まあ、ほかの奴らはみんなロン高だし」

「え……。それじゃあ、メンバーは、この学校には総長？の牙城くんだけなの？」

「そういうこと」

　驚いた。

　わたしの勝手な想像では、トップの人はたくさんの人に囲まれているイメージだったから。

　学校に、たったひとりの、【狼龍】のメンバー。

　それって……、あまりそういうことはよくわからないけ

ど、なんだか危なくて不思議な気がする。

　ちなみにロン高とは、となり町にある楼炎高校のこと。

　とにかく治安がすごく悪くて、男子校でもないのに女子生徒はひとりもいないらしい。

　名前さえ書けば誰でも受かる、……とか。

　根も葉もない噂だけれど、牙城くんに確かめたらなんでもなさそうにうなずかれてしまった。

　あまり近づかないほうがいいのかな、と思っていたら、牙城くんは付け足しにお話をしてくれる。

　外では好き勝手言われているけれど、ロン高に通う【狼龍】のメンバーは、族の全体的な価値と治安を守るため、授業はちゃんと聞いているんだとか。

　先生とも仲がよくて、よくご飯に行っていたりとか。

　……そんな学校の内情を知っている彼は、じつは、元ロン高の生徒だったりする。

　ほんの数カ月前に、牙城くんがうちの高校に転校してきたとき、男子も女子も、それはそれは大騒ぎで。

　……どうやら、"牙城渚"という名前は、ここらへんではとっても有名らしいのだ。

　いい意味でも、悪い意味でも。

　牙城くんは、すごく目立ってしまう。

　そんな彼が、わざわざうちの金城高校に転校してきた理由。

　……それは、たぶん、わたしなんだと思う。

「百々ちゃーん」

「な、なに？」

「難しい顔してんね」

　わたしの眉間のしわを伸ばすようにグリグリ押してきた牙城くん。

　至近距離の彼のお顔はやはりとても綺麗で。

　クイッと上がっている口角までもが色っぽい。

　まっすぐな視線に耐えきれなくて、思わず目をそらした。

「なんにもないよ」

　そっけなく言うも、牙城くんはまったく気にせず言う。

「ほんと？　まあ、百々ちゃんは、なんであれ俺のだから」

「牙城くんのになった覚えはありません……！」

「えー、おかしいなあ。俺の中ではそうなってるんだけど」

「…………」

　よくわからない。

　牙城くんはいつも飄々としていて、掴めないから。

　暴走族、なんて物騒な言葉が、なぜかとっても似合ってしまう危険な匂いも。

　わたしを構う理由も。

　知らなさすぎて怖いと思うときが、ときどきある。

　悶々と考えるもらちが明かなくて、その思考をすぐに頭から追い出した。

「そーだ」

　なにかを思い出したような牙城くんは、わたしの頬をむにっとつねる。

　まったく痛くないそれに首を傾げていると、牙城くんは

言った。

「百々ちゃんさ、お約束三か条、忘れてないよね？」

「……ま、まさか」

「ん。じゃあ、復習。言ってみな」

「ええ……っ」

　なんで、また。

　このお約束三か条は、なるべく知らないふりをしたいものなのに……。

　……なぜならば。

　さっきも言ったように、牙城くん中心のお約束のため、あまり納得していないからだ。

「ん？　忘れたならお仕置きだよね」

「あうぅ、……ちゃんと覚えてるよ」

「うん、百々ちゃんは従順だからなあ」

「ぐぬぬ……」

　唸って対抗するけど、意味はまったくない。

　どうせなら、このまま忘れていることにしたい。

　口に出せば、認めているも同然だもん。

　けれど、言わないと必ずお仕置きが降ってくる……。

　牙城くんのことだからなにをするのかわからない。

　究極の選択を頭の中で天秤にかけた結果。

「……いち、朝倉百々の休み時間は牙城くんのもの」

　僅差で、牙城くんに従うほうをとってしまった。

「そうだね、それ、百々ちゃん今日破ったけど」

「牙城くん、目が笑ってないよ……」

「はい、次は？」

　この世界は牙城くん君主制か。

　絶対王政だ、ちなみに彼が王様。

「……に、朝倉百々は困ったときは牙城くんを頼らなければならない」

「百々ちゃんは俺のって感じがするよねー」

「……違うからね？」

　じとっと見つめるけど、にこにこして牙城くんは次を促す。

　けれども、この最後の３つめは正直よくわからない。

　意味を聞いても、教えてくれないのがオチで。

「……さん、朝倉百々は休日に牙城くんに会ってはならない」

「うん、お約束三か条クリアね」

　はぐらかすように、これに関してコメントはしなかった牙城くん。

　……休日に会ってはならない、なんて。

　まるで、わたしとは学校以外で会いたくないと言われているみたいで気分はあまりよくないのに。

　でもたぶんそれを嫌だというのはわたしのわがままで、なにがどう嫌なのか自分でもよくわからないから、我慢して掘り下げるのはやめているのだ。

「次、破ったらレッドカードだから気をつけてね」

「レッドカード……だと、どうなるの？」

「あ、それ聞いちゃう？」

　そうだなあ、と不敵な笑みを浮かべた牙城くんは、くわえていた棒付きキャンディを持ち、くるりと回した。

　……っ、危険信号だ。

　わたしは知ってる。

　牙城くんが棒付きキャンディを嚙んだり回したりするときは、必ず、そのあとにいいことは起こらない。

　唇の端をにっと上げて、ゆっくりと牙城くんは口を開いた。

「そうだねー。ぐずぐずに泣かして……、俺から逃げられないように監禁しようかなあ」

「かんきん……え、あ、冗談だよね」

「え、なにが？」

「…………」

　思わず笑みが凍る。

　この人、やばい人だ。

　まともじゃない、だけど。

　牙城くんになら監禁されてもいいかも……、なんて思ってるわたしのほうが、やばい、のかもしれない。

「ま、されたくなかったら守ってね、約束」

「……ぬ、ん」

「なに、"ぬん"ってカワイー」

「……"ぬぬっ、やだよ"、しかたないと悟って"うん"っていうわたしの葛藤だよ！」

「そうかそうか。やっぱ面白いわ、百々ちゃん」

「あんまり嬉しく、ない……」

「なんでー」

　こうやって朗らかに笑ってる牙城くんの姿を見ていたら、彼が野蛮なことをしていたりする人だなんて、まったく感じとれない。

　というか、感じたくないんだと思う。

　わたしの中では、牙城くんはなんだかんだ優しくて変わった人、っていう認識だから。

「もーもちゃん」

「ふえっ、な、なに!?」

　そんなことを考えこんでいたら、突然目の前には牙城くんのドアップ！

　美しすぎる端正なお顔が間近にあって、ドキドキしちゃう。

　ちょっとでも動いたら唇が触れてしまいそう。

　近すぎ、距離。

　こんなの、絶対わざとだ。

　赤くなるわたしを見て、ほら、満足そうに笑った。

　悪趣味にもほどがあるよ。

　いつまでもわたしが牙城くんの言いなりだと思ったら大まちがいなんだから。

　この前、なんでこんなにわたしに構うのか、理由を問いただしたときのこと。

『あ、なに。俺が百々ちゃんにぞっこんな理由が可愛い顔だけだとか思ってるの？』

　きょとんとした顔の彼に慌てて否定する。

『え、あ、そういうわけじゃ……』

　わたしがそう言い終わる前に、牙城くんは迷うことなく話しだした。

『まあ、ほぼ一目惚れなんだけどね。百々ちゃんの、優しいところとか、ふわふわしてるのに芯が通っているところとか。あとはすぐ顔が赤くなるところだろ。ほかは……』

『うう、やっぱり恥ずかしいからもういいよ……』

『なんで。究極、ぜんぶ最高なんだけどね』

　あれから、もう理由は聞かないでおこうと思ったんだよね……。

　やっぱり牙城くんは一枚上手だと、心の中であきらめていると、牙城くんは口を開いた。

「もうそろそろ、戻らないと大変じゃない？　時間」

「え、あ、ほんとだ!?」

　なんと、しまった！

　彼に言われて校舎にある時計を見ると、次の授業のはじまりを告げる予鈴が鳴る2分前。

　急いで牙城くんの胸を押して距離を取り、言う。

「牙城くんもきちんと授業に出るんだよ……！」

　きっとこれからサボるつもりの牙城くんに言葉を投げかけて、彼の反応を見届ける前に、わたしは教室へと走りだした。

「えー……、俺、サボる気満々だったんだけど」

　はあ、とため息をついた牙城くんの目には、ぜんぜん速くない全力疾走をするわたしの姿。

　これから先のことは、わたしにはわからない。
「しょーがないか」
　口に含んでいた棒付きキャンディの棒を近くのゴミ箱に
捨て、ふっと彼は笑った。
「百々ちゃんに言われたから、授業受けよー……」
　そうつぶやきながら。

　その日、家に帰ると玄関にひとつ、靴が綺麗にそろえて
あった。
　今日はこの時間、誰もいないはずなのになあ、と不思議
に思う。
　わたしは3人家族。
　はじめに言うと、お父さんはいない。
　というのも、数年前にお母さんとの生活の不一致で離婚
して家を出ていっていたので、家にはいないということ。
　そして、お母さんは看護師で、今夜は夜勤だと言ってい
たため、夕方に帰ってくるなど緊急事態でもない限りあり
えない。
　ということは……。
「あ、百々おかえりー」
　帰ってきていたのは、双子の姉の、七々ちゃんだ。
　思わず、……ため息をつきそうになった。
　わかりやすく顔をしかめたわたしを見て、七々ちゃんは
困ったような苦笑いを浮かべた。
「あー……、もう出ていくから、ごめんね」

　なにがごめんね、なの。

　とか、またどこ行くの、という感情が心を支配するけれ
ど。

　だからと言って、わたしは引き止めたりはしない。

「……うん」

　七々ちゃんの、こういうところが苦手だ。

　わたしと同じ日に生まれたはずなのに、わたしよりも
ずっと先を歩いている。

　ううん、先というよりも、真反対を向いている。

　金髪メッシュが入ったショートの黒髪。

　カラコンの入ったブラウンの瞳。

　いつの日からか、夜はまったく帰ってこなくなった。

　七々ちゃんは、派手な人たちと付き合うようになって、
お友だちも違うくなった。

　高校は、意図的に、わたしが被らないようにした。

　小さい頃はこんなに不仲、じゃなかった。

　……気づいたら、七々ちゃんは、不良だった。

　顔はそっくりで、親戚でも見分けるのが困難なほどなの
に、わたしたちはなにかがぜんぜん、似ていないのだ。

「お母さんに、冷蔵庫のプリン勝手に食べちゃったって言っ
といて。怒られちゃうかもしんないの」

「うん、わかった」

「ありがと、じゃあね」

　ほんとに、いつからだろうか。

　他人みたいにぎこちない会話をして、家に一緒にいるこ

とがなくなって。

『な、七々ちゃん……っ、ぐすんっ』
『百々をいじめる奴はどこだ～!!』

　あんなふうには、もう、戻れないのかもしれない。
　七々ちゃんが出ていったあと、しばらくぼーっとしてい
たけれど、リビングへ行き冷蔵庫の扉を開けた。
「……七々ちゃんのことなんて、誰も怒らないよ」
　だって、プリンは七々ちゃんの大好物だから。
　お母さんが七々ちゃんが帰ってきたとき用に、必ず置い
ているんだもん。
　いまだに、わからなかった。
　一卵性の双子のはずなのに、七々ちゃんが、なんで夜の
街に顔を出すようになったのか。
　知らないところへ行ってしまう七々ちゃんが、わたしは、
本当に苦手だ。

かんがえて牙城くん

「それでさあ、リアの情報では我らが校長はカツラだって
言うんだけど～！　そんなのみんな知ってるよねって
話！」

「……うん、花葉。朝から元気なのはいいことだけど、もっ
と爽やかな話が聞きたいなあ……」

「なんでよ、百々も思ってるくせにい～～、おりゃおりゃ」

「校長先生が可哀想だよ……」

　わたしの頬をふにふに触ってくるのは、お友だちの花葉。

　家が近くて毎日一緒に登校しているんだけど、花葉は変
わっているために、話題がちょっと朝らしくない。

　昨日はたしか、新婚の若い教頭先生のお弁当が、特大お
にぎりただひとつらしいという謎の話題だったり。

　どこからそんなこと聞いてくるんだって思うほどのネタ
ばかり。

　明るくて面白い花葉は、とっても人気者だ。

　人脈も広いし、コミュ力も高いから、男子にも女子に
もモテる。

「あ、そういえば」

　花葉が、突然立ち止まった。

「昨日、佐倉くんが百々を呼び出したあと、顔真っ青で教
室に帰ってきたけどさ、なにかあったの？」

　きょとん、と首を傾げる花葉に苦笑いする。

　やっぱり……、佐倉くんに申し訳ないや。

「う、ん……、牙城くんに会ってね、ちょっと」

　言葉を濁しながらそう言うと、花葉はにやーっと楽しそうな表情をする。

「でた！　牙城渚！」

　だなんて大きな声で叫ぶものだから、ほかの人たちに聞こえていないか慌ててしまう。

「他クラスなのによく百々に絡んでるな〜って思ってたんだよ！」

　うふふふと奇妙な微笑みを浮かべる花葉。

　どうやら、牙城くんのことはご存知らしい。

　でも、それもそうかと思う。

　牙城くんは転校してきた数か月前から高頻度でわたしと話すようになったから、花葉が知っていてもまったくおかしくない。

　なんてったって、言うまでもなく牙城くんは有名人でもあるから。

　牙城くんのことを考えていたら、改めて思う。

　……牙城くんって、ほんとに不思議な人だなあ。

　読めなさすぎて、だからこそ気になってしまう。

　わたしによく絡むのも、絶対気分だ。

　飽きたらポイッと、なにごともなかったかのように捨てられてしまう。

　そうなったら悲しいな、耐えられるかなと思いながら、そのままふたりで学校へと歩いていると……。

「よっす、百々ちゃん」

　後ろから、むぎゅっとつぶされるかと思うほど強い力で抱きついてきたのは……、噂の牙城くんだ。

「うぐっ……、がじょ、くん、力強いよ……」

「えー、俺の愛の大きさだねー」

「は、離して……！」

「うへー、ケチな百々ちゃん」

「んなっ、違うもん！」

　距離感のおかしい牙城くんが悪いんだよ！

　ふつう、こんな道端で付き合ってもない人に抱きつきなんかしないからね？

　ぷんすか怒って牙城くんの背中をバシバシと叩いていると。

「ちょっと待て、牙城渚！」

　興奮中の花葉が声をあげた。

　口論をやめて、わたしと牙城くんは花葉のほうを向くけれど。

　先ほどまでは嬉しそうに彼のことを話していたはずなのに……、あれ、いま、花葉怒ってる？

　唇を尖らせて牙城くんを指差す。

「あのね、わたしの百々に乱暴するなら近づくのやめてもらえる？」

「……ええと、花葉？」

　花葉ったら、なにを言ってるんだ。

　どうやら……、わたしの扱いについて彼に怒っている、

みたいだ。

　牙城くんの距離感がおかしいのはいつものことだから、わたし自身、文句を言いつつも慣れているし、べつによかったんだけど……。

　花葉は、ご立腹のようで。

　謎の絡み方をしだす花葉を一瞥した牙城くんは、まったく愛想のない顔で一喝。

「乱暴してねーよ？　ってか、百々ちゃん俺のなんだけど」

「ハアン!?　おのれ何様のつもりだ！」

「あんたに言われたくないんだけど」

　待って、待って。

「……すとーっぷ！　なんで喧嘩になるの……!?」

　お願いだから、仲良くしてよ……。

　ふたりの間に割って入ると、牙城くんにまたもやグイッと腕を引かれて。

「俺、女は百々ちゃんとしか話したくねえから」

　バッサリとそう言うから、……花葉は、無言で牙城くんを睨んだ。

　ううっ……、なんでこんなに険悪になるの。

　たしかに、牙城くんはわたし以外の女の子と話したがらない。

　廊下などで、いつも可愛い女の子に話しかけられてるのに、フル無視。

　もはや、わたしと話しているときと別人なのだ。

　冷たい目で牙城くんを見る花葉は、小さい声でつぶやく。

「牙城渚って、付き合ったらめんどくさそう」

「はあ？　急にディスんなよ」

「なんでもいいけどさあ、百々を大切にしてくれるなら認めてあげてもいいのに」

「あんたに認めてもらえなくても、百々ちゃんという存在は俺のだから」

「え、怖い。……百々、こやつ頭おかしいんじゃない!?」

「あはは……」

　ぽんぽん言いあう花葉と牙城くん。

　なんだかんだ、仲良く見えてきたな……。

「俺には百々ちゃんしかいないから、俺のなの。これ、哲学(てつがく)なんだわ」

「ちゃんとした哲学、学んでこい」

「あんたには俺の哲学、学んでもらえねえかな」

「即却下(きゃっか)!!」

　気が合う（？）みたいでよかった。

　仲は悪くはないみたい。

「もう、百々、行くよ！」

　お怒りモードの花葉に腕を引かれ、牙城くんから離れる。

　あっと思って、でも花葉にされるがままになってたら、牙城くんはわたしだけに、優しい笑みを見せてくれた。

「百々ちゃん、お約束第一か条、忘れないでね」

　チラつかせるレッドカードに怯えながらうなずくと、ぽんっとわたしの頭に手を置いた。

「じゃあね～」

　あっさり自分の教室へと向かっていった牙城くんの背中を見つめていると。

「お約束ってなに……」

　げっそりと花葉がそうつぶやいているのが耳に入り、あいまいに微笑んだ。

　きっと言っても理解してくれないだろう。

　何度も言うけれど、わたしも納得していないし。

　花葉と牙城くんは犬猿の仲、という言葉がしっくりくる。

　そっとしておくのがいちばんだろうし、いつか仲良くしてほしいなって思ってるけどね。

「牙城渚〜〜、これからわたしの敵だ！　天敵！」

「ええっ、牙城くん、いい人なのになあ……」

「なっ!?　百々が牙城渚の味方した！　あやつ……、洗脳までしてるのか!?」

「されてないよ……」

「ううう、許せぬ……」

　ギリギリ歯ぎしりしている花葉をなだめて、教室に入ろうとする。

　ちらりと横目でとなりの教室をのぞくと、先に行った牙城くんはいなかった。

　あー……、もう、またサボってるんだから！

「花葉、ごめん！　先に教室入ってて……！」

「え、ぜんぜん大丈夫だけど、なんで？」

「牙城くん、探してくるね……！」

「また牙城渚!?」

　悲痛な声をあげている花葉に申し訳ないと思いながらも、カバンを預けて小走りする。

　牙城くんは、ほんとに頻繁に授業をサボる。

　その度に"サボっちゃだめだよ"と言うけれど、ちゃんと受けるのは次の授業のみ。

　それでも、地域的に見てもかなり偏差値の高いこの学校に編入できる頭脳はあるだけに、わたしよりぜんぜん賢い。

　先生にも成績のことで呼び出されているところはまったく見ないから、考査の点も悪くはないのだろう。

　だけど、だ。

　わたしにはお約束三か条という謎のルールがあるくせに、牙城くんはわたしの言うことを聞いてくれない。

　それが少し、気に食わなくてこうやって毎回牙城くんを探してしまうんだと思う。

　彼がいるのがどこなのか。

　それは、考えなくても足が勝手に覚えていて。

　屋上に向かう階段を駆けあがりながら牙城くんの名前を呼んでみる。

　いつものことながら、返答はなし。

　ちなみに、なぜ屋上なのかと言うと、牙城くんは高いところと広いところが好きだから。

　重い扉を開けると、やはり地面に寝転がっている牙城くんを発見。

　顔に腕をのせて、しっかり睡眠中。

「牙城くーん……」

　授業はじまっちゃうよ、という意味を込めて声を落とす。

　綺麗なお顔は、彼の腕がじゃまをして見えない。

　もうぐっすり寝ちゃったかな。

　きっと、起きないなあ。

　仕方なく彼を起こすことをあきらめる。

「……おやすみなさい、牙城くん」

　……と、その声が聞こえたのか、牙城くんはかすかに口を開いた。

「……なーに百々ちゃん、来たの」

　とろんとした甘い声。

　牙城くんは、ぱちりと瞳を開けた。

　切れ長の瞳は透き通っていて、そこにはわたしだけがうつっている。

「き、来たよ……！　牙城くんが、また教室にいなかったから」

「他クラスなのに、よく見てんねー」

「……それは！　さっき、会ったばかりで気になったからだもん……っ」

「そっかそっか。ムキになっちゃってさ。もーカワイーなあ、百々ちゃん」

「もう牙城くん探すの、やめるっ」

「えーやだよ」

　プイッと踵を返して教室に戻ろうとすると、牙城くんはクスクス笑ってあいまいな引き止め方をする。

「俺、百々ちゃん抱きしめたら、もっと寝れる気がするん

だよなー……」

　意味不明なことをつぶやくと、わたしをいとも簡単に倒して、覆いかぶさってくる。

　きっと、いま、ここに花葉がいたのなら。

　彼女は必ず言うと思う。

　……これって世に言う、ゆ、床ドン……!?

　真上には、青い空と牙城くん。

　ドキドキと胸が高鳴って、彼にまで聞こえてしまいそう。

　牙城くんの色っぽい笑みまでも、わたしの心臓を暴れさせる。

「なあ、噛みついていい？」

「っか、かみ……!?」

　やだ、変なこと言わないで。

　しかも、余裕そうに笑うのもズルい。

「だめ？」

「だ、だめ！」

「なんで」

「だ、だって、牙城くん、……気まぐれだし」

「気まぐれ？　違うね、俺、ずっと思ってんだけどなー」

　わざとらしく一拍置いた彼は、恥ずかしげもなく言う。

「百々ちゃん食いたい、とかね」

　この人は、本当に……たちが悪い。

「う、ぁ……、もうしゃべらないで」

　かああっと頬が真っ赤になるのが、自分でもわかってしまうんだもん。

　恥ずかしくて、恥ずかしくて。

　ふたりを纏う空気が熱く、甘く侵されていく。

「……カワイー、ね」

　可愛くない、絶対。

　からかうのにも、ほどがあるよ。

　どこを向いてもわたしの目には牙城くんしかうつってないわけで。

　逃げられないこの体勢にドキドキが止まらなくって、ささやかな抵抗を試みる。

「……どいて、牙城くん」

　牙城くんが覆いかぶさってきているせいで、ほかのものなんか、視界に入らないんだよ。

「ううん、どかない」

　照れるわたしを見て、彼は楽しそう。

「んな……っ、は、離れてっ」

「やだやだ」

　首を振る牙城くん。

　もう、なんで！

「は、半径100メートル以内に入ってくるの、禁止令出すよ……！」

　最終手段、取ってみた。

　だけど、思ったとおりにはいかないみたい。

「えー、それはレベチだわ。100メートルも距離取ったら、百々ちゃん豆粒じゃん」

　なぜか爆笑している牙城くん。

　ヒーヒー笑ってる彼を見るのははじめてで、色っぽい雰囲気から急にぐんと幼くなって、ちょっぴりキュンとしちゃった。

「ま、豆粒でもいいから、離れなさい……っ」

　もう、空気が熱くて耐えられない。

　本気の口調で言ったら。

「あーあ、残念」

　なんて言いながら、牙城くんはわたしの横に倒れた。

　暴れていた心臓が、少しおさまって。

　やっと、涼しい空気がわたしを包んで、ほっとしたのもつかの間……。

　気づかぬ間に接近していた彼に、ふわりと優しく抱きしめられた。

　離さないとでも言うように、わたしの背中に回された牙城くんの腕。

　それに、牙城くんの胸板に顔を押しつけられているせいで、鼻がつぶれるんじゃないかと不安になってしまう。

　……って、そんなことより！

　こ、この人は……！

　距離感どうなってるの……!?

「……が、がじょーくん!?　この手はなに！」

「んー？　百々ちゃん抱きしめてる」

　そういうことじゃない……！

「そんなのわかってるよ……！　なんで、離れてくれないの!?」

「俺、百々ちゃん依存症なんだもん」

　意味わかんない！

　やだよ、わたしのうるさい鼓動、聞こえちゃうよ。

　わたしの気持ちをつゆ知らず。

　自然と顔を近づけてくる牙城くんに、頰が熱くなって、よけいに頭が冴えてしまい。

「ていやっ」

　なんとか力を振りしぼって、牙城くんの腕から抜け出すことに成功した。

　無事、帰還。

　心を落ち着かせて深呼吸。

　牙城くんといるのは、しんどいの。

　血のめぐりがよくなりすぎて、熱くなって、どうしようもなくなるから。

「力なさそーなのに、案外あるよね」

　クスクスと笑う牙城くんをキッと睨む。

「わたし、合気道習ってたもん」

　なめないでね、そう思って伝えたけれど。

「合気道……似合わねー……」

　もっともっと笑われちゃった。

　きっと、ヘタだと思ってる。

「これでも、お姉ちゃんに鍛えられて少しは強くなったんだから！」

　ムッとして言い返す。

　ムキになっているのはわかっているけれど、いい気分は

しないもの。

「へえ？　お姉さんいたんだ」

「うーん……、お姉ちゃんと言っても双子なんだけどね」

　自分で話題に出しておいて、七々ちゃんのことはあまり話したくない。

「あー……、そうなんだ」

　含みのある言い方が気になったけれど、牙城くんが話をそらすように頼りないパンチのジェスチャーをしてきたから憤慨する。

　牙城くん、わたしのことばかにしてるでしょ……！

　怒ったわたしに気づいたのか、意味のないフォローを入れてくる。

「頼もしーね、って話」

「……絶対思ってないでしょ」

「思ってるって〜。きっと百々ちゃん猫パンチだろうな、とかさ」

「あ！　牙城くんのばかっ」

　ひどいんだから！

　そりゃあね、ホンモノの不良の牙城くんにとったら、わたしなんか非力だよ？

　それでも、ばかにするのはよくないと思う！

「だいじょーぶ、なにかあったら俺が守るからさ」

「けっこうです！」

「あー、怒っちゃった」

　怒っちゃった、じゃないよ。

　デリカシーなさすぎるよ。

　でも、"守る"なんて言葉をさらっと言われて、嬉しかったなんて。

　……そんなの知らないふりだ。

「百々ちゃーん」

「…………」

　気づけば、さっきのもやもやはなくなっていて。

「俺、ちゃんと授業受けるからさ、許して」

　そんな甘い言葉に、だまされちゃうんだ。

　授業受けるのは、学生の本業なんだから。

　あたり前のことなんだから。

　許して、なんて言ってるわりに、申し訳なさそうな表情ではいっさいないし。

　口角、上がりすぎだもん。

　あちらは楽しんでいて、わたしがわがまま言ってるみたいで面白くない。

　それでも、ずっと拗ねていたら、それこそめんどくさい女だから。

「……許す」

　と、可愛くない返事で仕方なく白旗を上げることにした。

「ん、ありがと」

　とびきり優しくささやいて、わたしの顔を赤くさせると、満足したように立ちあがった。

「あ、そうだ」

　座っているわたしに手を差し出し、同じく立たせると、

なにかに気づいたように声をあげた。

「俺、今日教科書まったく持ってきてないわ」

　キョウカショ、マッタクモッテキテナイ？？

　……え!?

　それってつまり、勉強する気がないってこと。

　嘘でしょ、信じられない！

「それじゃあ、カバンは空っぽなの？」

「うん、いちおペンケースくらいは入れてるけど」

　ほら、と、すぐそばに放ってあったカバンをわたしに手渡してくる。

　それを受け取ると……、本当にびっくりするくらい軽い。

　これでよく登校できたな……、となんだか逆に感動してしまい、その考えを慌てて消して言う。

「わたしの教科書、貸すからちゃんと授業受けてね……？」

　他クラスでよかった……。

　そう胸を撫で下ろしていると、牙城くんは嬉しそうにうなずいた。

「嫌いな学校も、百々ちゃんのためならがんばれるんだよなー……」

「え、なにか言った？」

「ううん、なんにも」

　そう？と首を傾げる。

　その様子を見ていた牙城くんは、無言でわたしの頬をつねってくる。

　それは痛くなかったけれど、なんでそんなことするの、

と目で訴えたら面白そうに笑われた。

　意図がわからない。

　牙城くんは、ほんとに読めない人だ。

　わたしには、おかしいくらいにスキンシップが激しいし、よく笑う。

　それなのに、ほかの人にはまったく愛想がない。

　わかりやすいはずなのに、それは言葉じゃないせいか、真意が透けて見えなくて。

　特別だから嬉しい、とかそういう感情だけではいられないのも事実だ。

　……なんて言いながらも、牙城くんと話すことは楽しいし幸せな時間、だから。

　触れられてドキドキするのも、自分では止められなくて。

　そんなことを考えていると触れられたところを妙に意識してしまって、なんだか少し恥ずかしくなった。

「ほら、戻ろ……！」

「ハイハイ」

　照れ隠しに、焦って促すと、牙城くんはおちゃらけた返事をして屋上の扉に手をかける。

　彼が開けてくれた扉から、ささっと階段を降りようと思ったら……。

「……ちょっとだけ、ちょうだい」

　ふわりとやわらかい言葉が落ちてきたと察知した瞬間。

　頬に、牙城くんの唇が、あたった。

「……っ!?」

　……クチビルガ、アタッタ……!?

「百々ちゃん補給完了～」

「ががががじょーくん!?」

「ががが、って工事現場かよー」

「んなっ……!!」

「これで、俺が授業受ける気出るなら、いいっしょ？」

「んぐぅ……、よくないっ」

「ケチケチ百々ちゃんだね～。減るものでもないのにさ」

　そういう問題ではないんです!!

「ってか、真っ赤」

　クスクスと、今日何度めかわからない笑みを浮かべて、
牙城くんはわたしの頬を手で冷やした。

「……100メートル」

　恨みがましく小さくつぶやいたら。

「ハイハイ、100ミリで我慢してね」

「……っ」

　軽くあしらわれて、かわされた。

　また、わたしの負けだ。

　最近、よく思う。

　わたしは、牙城くんには絶対に勝てない、って。

ふりょうの牙城くん

「だから、無理だって」

　お昼休み。

　お弁当を食べているわたしのとなりで、そうイラ立ったようにつぶやく牙城くん。

　彼は、ただいま通話中だ。

　お約束第一か条、"朝倉百々の休み時間は牙城くんのもの"のとおり、牙城くんと屋上で過ごしている途中。

　なんの前触れもなく、彼のスマホが音を出して震えたのがはじまり。

　それなのに、そのコール音をまったくスルーしてわたしの髪をくるくるといじっていたから、びっくりして出ないのか聞いたんだ。

　そうしたら……、はああ、とため息をついて牙城くんは仕方がなさそうにスマホをタップした、んだけど。

　なにやら、よくないことが起きたらしい。

　通話の相手は、牙城くんの不良仲間さん。

『……っでも、渚さんいないと、こっちやばいんすよ!!』

　彼のスマホから、そんな悲痛な声が漏れてくる。

「だいじょーぶだって。俺いなくても【相楽】くらい百々ちゃんの猫パンチでもイケるから」

『はい？　……ってか、まじで渚さんしか止められる人いないんですって！』

「椎名がいるじゃん」

『だから、そうじゃなくて人質とられてるんですよ！　"あの人"がっ……』

「あいつなら俺いなくても平気だって。それに人質とか、どうせ罠だろ」

『でもっ』

「あいつに関しては、俺に頼むの本気でやめてくんねー？　そんなことより、俺、百々ちゃんといるからじゃましないでね」

『いまはその女よりも、な……っ』

　　──ブチッ。

「……がじょーくん」

「なーに、百々ちゃん」

「……そんなに乱暴に通話切っちゃって大丈夫なの？」

「ヘーキヘーキ」

　棒読みだよ……。

　なにやら人質？なんて物騒な言葉が聞こえてきたのに、それを助けに行かなくていいのかと不安になる。

　あちらの通話相手はとても焦っていたようだし、きっと牙城くんがいないと大変なんだと思う。

「……行かなくて、いいの？」

　小さく尋ねると、牙城くんはあっさりとうなずいた。

「いい、あんなの俺行く意味ねえし」

　どこか怒ってるようにぶっきらぼうにそう言うと、彼はぐったりと地面に倒れこんだ。

「なあ、百々ちゃん」

「な、なに……？」

「百々ちゃん、まじでカワイーわ」

「ふはっ!?」

「不意打ち作戦。キュンときた？」

　なにそれ、なにそれ。

　しょうもないし、キュンとしないわけないのに……っ。

　牙城くんという人は、さっきまで不機嫌だったのに、急ににやにやと口角を上げている。

　わたしの赤くなった頬をふにふに触って楽しんでいる。

「そーやって俺だけ見てたらいいよ」

「牙城くんだけ……？」

「そ、俺だけ」

　正直言うと、牙城くん以外に仲がいい男の子はひとりもいない。

　女の子の友だちでさえあまりいないから、そんな心配は必要ないと思うんだけど……。

「俺も、百々ちゃんだけだから」

「ば、ばか……っ」

「えー、なんで？」

「恥ずかしく、なるから！」

「へえ、真っ赤だもんね」

「言わなくていいよ……！」

「ハイハイ」

　もう、牙城くんはいつもそうなんだから……！

　少し怒ってるわたしには、お構いなし。

　適当な返事をしてわたしをあしらったかと思うと、牙城くんは突然優しい顔になって、つぶやいた。

「百々ちゃんって、やっぱいいね、まじで」

「……うん？」

「惚れる、最高」

「んええ……？」

　さっきまでのからかいはなくて、ちょっぴり甘い牙城くんだ。

　彼の雰囲気の軽さは、例えると春のそよ風みたい。

　ふわっとしてて、掴むことのできない、そんな感じ。

　惚れる、とかパワーワードが彼の口から飛び出していた気がするけれど、きっとそれはジョークってやつだから、本気にはしなかった。

　ドキッとしたのは否めないけどね。

　しばらく眠たそうな牙城くんをじーっと見つめていると、またもや彼のスマホが震えだす。

「……がじょーくん」

　プルルルル、と鳴りやまないそれに、こらえきれなくて声をかけたら、彼は仕方なさそうにそれを手に取った。

　そんなに通話、嫌なのかな？

　牙城くんは、画面をタップし、顔をしかめて耳に当てた。

「なに？　椎名」

　しいな……って、さっきの電話でも話題になってた人だよね。

　きっと、牙城くんの仲間だ。

　それも、さっきの人より親しい感じ。

『なにってさあ、なんで来ねえのさー、ナギくん』

　いかにもチャラそうな（声だけだからすごい偏見だけど）、鼻にかかった特徴的な男の人の声が聞こえる。

「なんでって、お取り込みちゅーだから。つうか、しょうもねえことで電話かけてくんな」

　即座に通話を切ろうとした牙城くんに、その様子が見えているかのように声を滑（すべ）りこませる相手の椎名さん。

『ナギくんさー、いちお【狼龍】のトップなんだから、ちょっとの顔出しぐらいしてくんないかね？』

「めんどーだし、いま学校だし」

『へえ？　ナギくんが学校ちゃんと行ってるとか笑えるんだけどお』

「しね」

『ええ、物騒！　……とまあ、茶番は置いといてさあ』

　ふと、漏れる声が、低くなった気がした。

『抗争は終わったんだけど、……そのあとナギくんのこと聞かれたよ。最近元気にしてるのかってさ』

　たったそれだけの言葉が、なぜかすごく重く感じて。

　誰が、とか言わなかったのに、きっとそれは牙城くんにとってはなくてはならない存在なんだろうな、なんて思ったら。

　とたんに不安になって、ぎゅっと、牙城くんの裾（すそ）を掴んでいた。

「……そう」

　牙城くんは読めない表情で返事をし、安心させるように
わたしの手をそっと離した。

　椎名さんも遠くでかすかに笑い、話題を変えた。

『あとさあナギくん、そこにオンナいるっしょ？　匂う〜』

　……げげっ。

　なんでわかるの、というか電話越しなのに匂いなんてし
ないでしょ……!?

　唖然として固まるわたしに、牙城くんはクスッと喉（のど）を鳴
らした。

「椎名の匂うって言うのは、気配とか女の子とかのことだ
から、そんな考えなくていーよ」

「あっ、そういうことか……！」

　そうだよね、匂うわけないもんね……。

　安堵（あんど）してほっと息をつく。

　わかったよ、という意味も込めてコクリとうなずくと。

「カワイーねえ、ばかな百々ちゃんも」

　だなんて、牙城くんはけなしてるのか褒（ほ）めてるのかわか
らない言葉をかけてきた。

　ぺしっと牙城くんの広い背中を叩いていると、椎名さん
がげっそりと言ったのが聞こえる。

『うわあ、イチャついてんのお……』

「俺の百々ちゃんだから、取ったら殺すんで、よろ」

「が、牙城くん！　物騒！」

『ええ、なんか声好き〜〜、俺惚れるかも』

「……!?」

「きもい、ありえない、切る」

『まあまあ、そこは深呼吸して落ち着こうね？』

　自由奔放な牙城くんに慣れているらしく、焦りもせず楽しそうに話を続ける椎名さん。

『ナギくん、後片付けくらいはやってよ　わかってる？』

「めんど……椎名がやって。次はちゃんと行くから」

『はあ、まじかよ……。男に二言はねえぞ？　え？』

「二言くらい、いいじゃん」

『……トップがこんなんで、そのうち【狼龍】消えるんじゃねえの本気で』

　思ったよりも日常的に椎名さんに丸投げしているようで、椎名さんは呆れたようにつぶやいた。

　会話的に、たぶん、牙城くんと椎名さんがツートップ。

　細かいことは、彼が仕切っているように見える。

　でも、椎名さんもたいがい牙城くんに逆らえないのか逆らわないのか、わからないけれど甘い気がする。

　ふたりの間にある、言葉なしでもわかりあってるような男の友情を感じて、少しほっこりした気分になった。

「そろそろ百々ちゃんとふたりきりにしてくんない？　またかけ直すから」

『うわあ、いいけどさあ。たまにはこっちも優先させろよ、ナギくんのなんだから』

「りょーかい」

『……あ、モモちゃんだっけか？　また今度、会いに行く

ね～～』

「来んな」

『ええ、ナギくん声、まじトーンやめて!?』

　息ぴったり。

　ふたりの会話が面白くてクスッと笑っていたら、牙城く
んはわたしの頭をよしよしと撫でてきた。

『じゃあね～、モモちゃん!』

「え、あっ、はい!　またっ」

『……ん?　……あれ、モモちゃんってさ』

「しゃべんな、しね」

　またもブチっと切った牙城くん。

　あの……、椎名さん、なにか言おうとしてたけど。

　大丈夫なの?

　牙城くん……、思ったよりもお口が悪いみたい。

　だめだよ、と目で訴えたら。

「……百々ちゃん、それズルい」

　だなんて言うんだもん。

　なにがズルいのかわかんないや。

　そのあと、牙城くんは少しだけスマホを操作し、ふわっ
とあくびをひとつ。

　眠いのかな、と見つめていると、ドサっとわたしの上に
のっかってきた。

「うぐっ……、牙城く、重いよ……」

「ひ弱だね」

「ハァン!?　合気道!」

「おーい、ももちゃーん。キャラ変わってるよー……」

「あっ、つい……」

　昔はよく、同年代の男の子たちにからかわれていたから。

　弱いくせに道場に来んな、とか、小さい奴いると迷惑だ、とか。

　そうからかってきた男の子たちには、強かった七々ちゃんが制裁をしていたんだけど。

　守られるだけじゃ、嫌だ。

　そう思って、わたしも七々ちゃんには及ばないものの、前よりはうんと強くなったんだから。

　ばかにしたら、例え牙城くんでも跳ね飛ばすもんね！

「ていやっ！」

　巻きついてくる牙城くんを引っぱがし、プイッと明後日のほうを向く。

　わたしが乱暴にすると思わなかったのか、地面に肩がガツッとあたった牙城くんは、顔をゆがめて言った。

「強い女は嫌いじゃないよ、百々ちゃん」

「ふ、ふーんだ」

　そんな言葉に、惑わされない。

　というか、牙城くんちっとも目が笑ってない。怖い。

　ちょっとやりすぎたかな、後悔するけれど、彼はあっさり起きあがって伸びをした。

　肩を地面に強打しても牙城くんにとっては痛くもかゆくもないようで。

「俺よりは弱いんだから、守られなよ」

　本気か嘘かわからないトーンでそんなことをつぶやいて
くる。

　……っ、なにもう。

　キュンときちゃった。

　不可抗力、だから仕方ない。

「あれー、百々ちゃん照れてんの？」

　クスクスといじわるな笑みを浮かべて、牙城くんはわた
しの顔をのぞいてくる。

「そ、そりゃあ……、牙城くんがかっこいいこと言うから」

「へえ？　俺のが照れるわ」

　わたしから距離を取ったかと思うと、牙城くんはポケッ
トから棒付きキャンディを出して口に含んだ。

　今日はパープル。たぶん葡萄味。

　甘い匂いがただよってくる。

　飴じゃなくて、お昼だからご飯を食べればいいのに。

　いまこのタイミングでなんで飴なのかはよくわからない
けど、牙城くんはほんとに気分屋だからきっと意味はない
んだと思って口を閉ざした。

「ん？　うらやましー？」

　"棒付きキャンディ×牙城くん"はとにかく色っぽい。

　わたしが持ってたら絶対幼稚園児に見えるのに、この差
はいったいなんなんだろう。

　じーっと見すぎたせいで、牙城くんはわたしが飴を欲し
がっていると勘違いしたみたいだ。

「いや、なんで牙城くんって棒付きキャンディ、いつも舐

めてるんだろ……、って」

　お気に入りなのか、よく葡萄味を含んでいる。

　だからか、いつも牙城くんからは甘い匂いがするんだ。

　わたしの問いかけに、彼は納得したようにうなずいた。

「俺のまわりでもさ、煙草とか未成年だけど吸ってる奴いっ
ぱいいるの」

　急に煙草、なんて突拍子もないことを言われて驚いた
けれど、とりあえずコクリと首を縦に振る。

　たぶん、七々ちゃんのまわりにもそういう人がいるから
わかる。

　不良って、そういうこともやっぱりしてるんだろう。

　牙城くんはどうなのかな、と一抹の不安に囚われるけれ
ど、そんな思いは必要なかったようで。

「誘われることけっこうあるんだけど、百々ちゃんに会う
ときに煙草臭かったら嫌われそーじゃん。だから、断る理
由として、口に飴入れてんの」

「わたしが、理由？」

　驚いて目を見開いた。

　だって、だって、ただ飴舐めるのが好きなだけだと思っ
てたから。

　そんな理由……、わたしに嫌われそうだから、なんてお
かしいよ。

「あたり前じゃん。俺の世界はまじで百々ちゃんで回って
んだもん」

　平然と言う牙城くん。

　今度は不可抗力でもなんでもなく、キュンとした。

　たしかに煙草は吸ってほしくない。

　そのストッパーにわたしがなってるんだと思うと嬉しくて頬がゆるんでしまう。

「たまに揺（ゆ）らぎそーになるけど、そこは百々ちゃんの写真見てぐっと耐えてんの」

「……ん？」

　ちょっと、待って!?

「牙城くん！　写真ってなに？」

　わたし、牙城くんに写真撮られたことないよ。

　まず、一緒に撮ったことすらない。

　さっきの嬉しさはどこかに吹（ふ）っとんで、問いつめる。

　これは……、なんだか嫌な予感。

　ほら、案の定牙城くんの目が怪（あや）しく泳いでる……！

　圧をかけて白状させようと試みていたら、ごまかせないと思ったのかようやく牙城くんは口を開いた。

「えー、……まあ、百々ちゃんが昼寝してたときに可愛い寝顔をパシャリと……ね」

「はい!?　それ盗撮……!?」

「百々ちゃーん、……トーサツなんて人聞き悪いって」

「本当のことでしょ!?」

「……それで癒されてんだもん」

　シュン、と頭についたありもしない犬の耳を垂れて、落ちこむ牙城くん。

　か、可愛い……、じゃなくて！

　ここで言わないと、絶対またする！

　それは断固拒否だから、厳しめにお説教。

　……と思ったけれど。

「……牙城くん、今度はなしだよ？」

　ぷくりと頬を膨らませて言うと、牙城くんは反省したようにおとなしくコクリとうなずいた。

　次はなし、なんて……ゆるかったかな？

　もっと厳しめに注意したいけれど、さっき牙城くんに嬉しいこと言われたから緩和して。

　ここはプラマイゼロということでぐっと我慢。

　本当はその寝顔の写真をいますぐ消してほしいくらいなんだけどね……。

　わたしの写真なんかで牙城くんが我慢できるなら、いいかな、なんて思っちゃうんだ。

　煙草は、やっぱり体によくないっていうから。

　つくづく、わたしは牙城くんに弱いと思う。

「もし、また撮ったらどーなる……？」

「……さては反省してないでしょ」

「してるしてる。ただ、どうなるかだけ聞きたいなあ、と」

「１週間、口きかない！」

「それはきつ……」

　うなだれてる牙城くん。

　そんなこと聞いてくる時点で、またしようとしてるのはバレバレ。

　でも、悲しそうな姿を見ていたら、そんなに注意するこ

とでもないかなって思えてくるわけで。

「牙城くん」

「……なに、百々ちゃん」

「内緒で撮らなきゃ、いいんだよ……？」

　頼まれたら、恥ずかしいけどいいよって言うもん。

「……え、それって任意なら連写してもいいってこと？」

「ん？　なんで連写する前提なのっ!?」

　なんでそうなるかな!?

　もっと、お互い歩みよろうとしようよ……！

　思わず叫ぶと、牙城くんはあからさまに残念そうな反応
をするもんだから、訂正してあげる。

「やっぱ、いまのなし！」

　そしたら、ほら、牙城くんは大慌て。

「百々ちゃーん、いじわる言わないで……」

「だったら、妥協も大切って理解してよっ」

「はあーい……」

　案外あっさりと丸めこめてひと安心。

　牙城くんは意外と素直で、約束も絶対破らないから信用
できる。

　あと、ひとつ思ってたこと。

　わたしには牙城くんの謎のお約束三か条があるわけで。

　わたしはそれにのっとって牙城くんと接しているのに、
彼はそうじゃないんだもん。

　つまり自由の身。

　それって、フェアじゃない。

　だから、最低限のことはきちんと守ってほしい。

　それを牙城くんに伝えたら。

「そーゆうとこ賢いよね」

　だなんて言って、彼に笑われてしまった。

　その言い方じゃ、ふだんはあまり賢くないみたいじゃない……？

　……いや、そのとおりなんだけど。

　ふぅ、とため息をついて結局あまり食べられなかったお弁当のふたを閉め、片付けをはじめる。

　わたしのその様子を見ていた牙城くんは、わたしに謎の要求をする。

「口開けて」

　え、と思うヒマもなく少し開いていたわたしの口に、なにかが入れられた。

「……!?」

　甘い葡萄味。

　……これって。

　慌てて牙城くんの袖をグイッと引っぱる。

「が、がじょーくん!?」

「ちょ、百々ちゃんいったん落ち着いて。俺の鼓膜まじめに破れそーだ」

「か、かかかんせ、キ……!!」

「ハイハイ、間接キスな」

「……もうっ」

　牙城くんの棒付きキャンディ。

　まさかの……関接キス。

　甘すぎて、口の中も頭の中もどうにかなりそう。

　こんなこと、慣れてないからどう反応すればいいのかわかんないよ。

「クラス違うけど、その味のおかげで俺のこと忘れらんないでしょ」

「だからって、こんな……っ！」

「こんな、なに？」

「牙城くんのばかたれ!!」

「百々ちゃんに侮辱されんのも悪くないね」

「…………」

　だめだこりゃ。

　こんな恥ずかしいことしなくても、牙城くんの毒牙のおかげで忘れたくても忘れられないんだよ。

　ほんとにほんとに、牙城くんはわかってない！

　赤くなるわたしの横で、彼は平然としていて。

「キスの予行練習的な？」

「……っ!?　も、黙って……！」

「ウブだねー」

「……っ」

　もう、やだ！

　これ以上一緒にいてもからかわれるだけだということにいまさら気づき、怒って立ちあがった。

　スカートを整えてると、牙城くんは座ったまま、上目遣いで話しかけてくる。

「ねえ、百々ちゃん。お願いなんだけどさ」

「な、なに……？」

　思わず少し距離を取る。

「……そんな構えられても。俺、信用ねえなあ」

　あたり前だよ！

　牙城くんは前科がありすぎる！

「お願い、というか注意勧告なんだけど」

「ちゅういかんこく？」

「そうそ。ほかの女はどーでもよくても、百々ちゃんだけ
は死んでも守りたいからさ」

「……？」

　よくわからない言葉をつらつら並べる牙城くん。

　それに嫌な予感がしたのは、おそらく勘違いじゃなさそ
うだ。

　その証拠に、彼の声がグッと低くなった。

「……３日後の夜、23時以降、絶対に外に出たらいけない
よ」

　３日後、……土曜日。

　休日は、牙城くんに会うのを禁止されている日。

　その日の真夜中に、外出したらいけない……？

　……どうして。

　疑問符が隠しきれないけれど、牙城くんの顔にはこれ以
上踏みこむな、というメッセージが書いてある気がして口
を閉ざした。

　でも、牙城くんはわたしの心を読んだかのように、その

言葉の真意を少しだけ教えてくれる。

「悪い奴らが、集まるから。取って食われたくなきゃ、外に出るな。……わかった？」

「う、うん……」

「ん、ならいい」

　とたんにいつもの優しい牙城くんに戻った。

　にこ、と微笑む姿に、もやっと黒い渦が残ったけれど、気づかないふりをして、同じく微笑み返す。

　悪い奴、か……。

　たぶん、おもに、暴走族。

　その中に、きっと牙城くんも含まれているんだろう。

　……組織同士のなにかがある。

　言葉で言われなくても、雰囲気で悟ってしまった。

「ケガは、しないでね」

　ためらいながら小さく、彼に聞こえるかどうかという大きさでつぶやいた。

　お節介かな、と思う気持ちも、心配が勝って気にならなかった。

　ちょっとの間、沈黙があって。

　牙城くんはそのあと、にやっと口角を上げて言った。

「だいじょーぶ。そんなヤワじゃねーよ、俺」

　……その顔は、美しく麗しく輝いていて、驚くほどかっこいいと思った。

わからない牙城くん

「朝倉さんってさ……、"あの"牙城渚と仲いいの？」

　次の日のＨＲ（ホームルーム）にて。

　がやがやとうるさい教室で、そう、となりの席の淡路（あわじ）くんに声をかけられた。

　まず、状況から説明するとわたしたちの担任（たんにん）の先生はとてもマイペースで。

　朝（あさ）の挨拶（あいさつ）をして雑談し、先生は早々に職員室に戻っていったために、ただいま自由時間。

　必然的にとなりの席の人と話をすることはあるわけで、淡路くんが話しかけてくれたんだけど……。

　内容が、……濃（こ）すぎた。

　淡路くんも、あまり牙城くんのことを陰（かげ）で言うのは怖いのか、控えめだ。

　たぶん、ただの世間話なんだろうけど、牙城渚という名前はパワーワードすぎて苦笑いをしてしまう。

「うん、……仲はいいよ？」

　たしかにわたしは、はたから見て牙城くんと仲良く見えると思う。

　隠す理由もなくコクリとうなずくと、淡路くんはため息をひとつ。

「やっぱりね……」

　その反応に、またも苦笑がこぼれてしまう。

　だって、顔に書いてあるんだもん。

　"牙城渚は危険だから近づかないほうがいい"って。

　その気持ちは、わかる。

　牙城くんが暴走族の総長であまりいい噂がないのは本当だし、ときどきその権力でわたしに厄介な絡み方をしてくる男の子を脅していたりもする。

　でもそれは、すべて悪ではないし、そういうふうにみんなに思ってもらいたくない。

　逆に言うと、人を先入観で決めつけたり、噂だけを信じるのは、彼よりも悪だと思うんだ。

「牙城くんは、いい人だよ？」

　首を傾げてそう淡路くんに言うと、彼は唸る。

「たぶんね、朝倉さんにだけだよ。牙城渚の優しさって」

「……そ、そうなの？」

「そうそう。だって俺がこうやって朝倉さんに話しかけてることがバレたら、絶対あいつに……やられるし」

　"やられる"という言葉が意味深すぎて口もとがひきつってしまった。

　その言い方に、まちがいはいっさいない。

　牙城くんは、やると言ったらなんでもやる人だ。

　だからこそ、誤解を招くんだよ。

「大丈夫。わたしが誰と話そうと、牙城くんになにか言う権利はないから！」

「おお……。ずっと思ってたけど、朝倉さんって、おとなしそうだけど正義感強いよなあ……」

「えっ、そう……かな？」

「うん。意外と漢！って感じで面白い」

「あはは……、光栄、です」

　オトコ、って。

　それ褒められてるのか受け取り方に迷うなあ。

「そういうとこも、朝倉さんがモテる理由なんだよなあ」

「……？」

「ううん、なんでもないよ」

　にこっと目を細められ、目をぱちぱちと瞬かせる。

　これ以上追及するべきではなさそうだから、同じよう
ににこりとするだけにした。

「俺さあ、じつは朝倉さん狙ってるんだけど」

「え、そうなんだあ……」

　それじゃあ、話は終わりだね……って、え。

　……んん!?　狙ってる？

　唖然として、もとに戻るまで、きっかり３秒。

「ふぁいっ!?　なんて!?」

　ちょちょちょ、問題発言！

　当の本人は、にこにこなにその余裕!?

　わたしの聞きまちがい？　……え？

「だってさ、朝倉さんって性格ほんわかしてるし優しいし。
もちろん外見もとにかく可愛いだろ。男なら誰だって好き
になるわけ」

「……あ、の」

「けど、最近そんなこと言われるのあんまりなかったで

しょ？　それって、みんな牙城渚が怖いからだよ」

「へ、へえ……」

「まあ、俺もそろそろ本気出そうかなあ、と。牙城渚には喧嘩では勝てないけど、俺、朝倉さんを幸せにはできるよ」

「…………」

　……どうしよう。

　こんな展開などまったく予期すらしていなかったもので、混乱中。

　えっと、これは……、淡路くんはわたしのことを好きということでいいんだよね……？

　はっきりとは言われてないけれど、たぶんそう。

　ドキドキと速い鼓動は、聞こえないふり。

　こんなとき、頭に浮かぶのは決まって牙城くん。

　みんなに恐れられてる彼が怖くて、わたしに近づけないか。

　なんだかそれって、変な気もする。

「あ、ありがとう……っ？」

　なんて返せばいいのかわからなくて、とりあえず好意にお礼を言う。

　だけど淡路くんは苦笑いをしただけで、またもや口を開いた。

「……朝倉さんってさ、見てて危なっかしいよな」

「……え？」

「うーん、悪い奴にすぐ釣られそう」

「そ、そんなこと、ないよたぶん……」

　それって、脳みそ小さそうってことかな……？

　少しだけ、ショックだ。

「牙城渚とかねえ」

「んなっ、違うよ、牙城くんは悪い人じゃない！」

「あはは、まあ悪い奴ではなさそうだけど」

　わたしが慌てて否定すると、淡路くんは少し笑った。

　本当なのになあ。

　やっぱり、牙城くんは多くの誤解をされていると思う。

「ま、ちょっとくらい危機感とか持ったほうがいいよ。もう遅いかもだけど？」

「だからっ、牙城くんは違う！」

「ハイハイ、そうだね」

　この人、ちょっとだけからかう感じが牙城くんに似てる。

　そのおかげか、あまり緊張せずに話すことができている。

　と、そこでとある疑問が頭に浮かぶ。

　……そういえば、淡路くんはどんな人だっけ。

　クラスでの雰囲気とか、様子とか。

　んー……？

　あれっと。

　不思議なほど、思い出せない。

　どうしてだろう……、と思うも、あっと気づく。

　淡路くんも、わたしと会ってる牙城くんと同じで休み時間はほぼ教室にいないからだ。

　中性的な整った顔立ちでとても女の子にモテそうだから、もしかしたらそういう感じ……女の子と遊んでるから

かもしれない。

　ひどい偏見かな。

　けれど、こんなにも気軽に話しかけることができるなんて、コミュ力がうんと高い証拠だ。

　考えてみれば、淡路甘くんという人の謎がどんどん深まってきて。

　ぐるぐると頭がおかしくなりそうで、思考を中断した。

「あ、そーだ」

　ぽん、と手をつき、なにかを思い出したかのように淡路くんはわたしを見る。

「連絡先、教えてよ」

　連絡先……。

　さっきちゃんと話したばかりだし、まさかそんなものを聞かれるとは思っていないわけで。

　とっさに断ろうとする。

「え、でも……」

「案外ガード固いね。大丈夫、クラスメイトだし、持ってて損はないと思うよ」

「そう言われると反論できないなあ……」

「ならいいでしょ、はい貸して」

　ひょいっとスマホを取られ、なにかを操作し、返された。

　慌てて画面を見ると、新しい友だちの欄に "えみ" と入っていた。

　あわじ、えみくん。

　名前がすごく綺麗で、勝手に連絡先を入れられたことに

抗議する気がなくなってしまう。

　じーっと、スマホの画面を眺める。

　そういえば、牙城くんの連絡先、知らないや……。

　この中に男の子のアイコンを入れるなら牙城くんがいちばんがよかったな……なんて。

　淡路くんに、失礼だよね。

「牙城渚のは知らないの？」

　入れるときに見えたのか、そう意外そうに聞いてくる淡路くん。

　知られたのなら隠す必要もなく、コクリとうなずいた。

　とたんに彼は嬉しそうな顔をする。

「お、まじ？　こりゃ、俺のスタート好調だわ」

「あはは……」

「これからアタックいっぱいするから、覚悟しててね」

「ええっ……」

「ほんっと、牙城渚以外の男にはつれない返事だね」

「あ、ごめんなさ……い」

「いや、いいよ。わかりやすくて」

　いいんだ……。

　淡路くんは、なんとなく、牙城くんよりも不思議な人という気がする。

　わたしにこうやって絡んできて、牙城くんのことを怖いと思いながらも飄々と話しかけてくる。

　本心が読めなくて、正直、心がムズムズしちゃう。

　ただからかってるだけにしても、こっちは告白（のよう

なもの？）をされたおかげで意識しまくり。

　単純だけど、仕方ない。

　牙城くん以外の男の人に免疫がなかったから。

　いつも休み時間は牙城くんに連れさられちゃうし……、ほかであんまり男の子と話す機会なんて、ぜんぜんなかったからなあ。

　淡路甘くん。要注意人物だ。

「俺のこと、牙城にはナイショな」

「え、……うん」

　ふっと笑い、淡路くんはつぶやいた。

「あいつが暴れ狂うのはめんどいからね」

「あばれ……？」

「ううん。頼んだよ」

「わか、った……」

　意味深すぎる。

　だけど、半ば強制的にうなずかされた。

　牙城くんは勘がいいから、すぐにわたしの嘘に気づくと思う。

　それのせいで、逆に怒らせてしまったらどうしよう。

　きっと、牙城くんはわたしに嘘をついたことを問いつめるだろうな。

　……そのときは、そのときだ。

　しっかり説明しよう。

　ポジティブに考えて、淡路くんに向き直った。

　……けれど、授業がはじまる合図の予鈴が鳴ってしまい、

お互いもう口を開きはしなかった。

　そのときはたぶん、なんにもわかっていなかった。

　……淡路くんと牙城くんの密かな関係を知っていくなかで、それをきっかけに、たくさんの嘘と秘密が暴かれていくことなんて。

やみいろの牙城くん

「うあ～ん……、リアにフラれたよおお……ぐすんっ」
「花葉……、鼻水出てるよ。落ち着いて」
「これが落ち着けるか!!　ハンカチ何枚あっても足りないし……」

　土曜日のお昼３時。
　今日もいつもと同じく、お母さんも七々ちゃんもいない家でのんびりと遅めの昼食をとろうとしていたところだった。
　なに食べようかな、と冷蔵庫を開けた……ほんとにそのとき。
　スマホが音を鳴らし、どうやら電話がきたようだな、なにかなあ……と耳に当てた、んだけど。
『も゙も゙～～っ!!!!』
　鼓膜が破れそうなほど大きな涙声（なみだごえ）で、花葉がそう叫んだのだ。
　その狂乱（きょうらん）っぷりに、なにかあったと察したわたしは急いで近くの花葉のうちへ走っていった……のが、はじまりだった。

　そこから、いまに至るんだけど。
　花葉の落ちこみようは、相当重症。

　彼氏のリアくんにフラれたらしく、クッションに顔をう
ずめてぐすぐすと泣いている。
「花葉。とりあえず辛いことはいったん忘れて、どこか
ぱーっと遊びに行こう……っ？」
　親友が傷心中のときにわたしができること。
　それは限られているし、わたしがリアくんの代わりには
なれないから、慰めることしかできない。
　だからこそ元気づけるために、花葉が好きなスイーツバ
イキングに連れていこうという提案をしたら。
「行ぐううっ……！！」
　と勢いよく抱きつかれた。
　もう……、可愛いなあ。
　花葉、リアくんのこと大好きだったもんね。
　わたしも辛いけれど、この場でいちばんしんどいのは花
葉だから、わたしの悲しさをぐっとこらえて明るい声を出
した。
「うんっ、じゃあ、用意しよ……！」
　そこからは、さすが女子。
　花葉は彼氏にフラれても、落ちてしまったメイクをばっ
ちり直し、髪もしっかりと巻いている。
　ふたりして、うんとおしゃれして外に出た。

　ちなみに、花葉のファッションはスキニーパンツに白の
ショートＴ。
　そのうえに薄地のオフホワイトのカーディガンを羽織っ

ている。

　ボブカットの茶髪もくるりとゆるく巻かれていて、とっても可愛い。

　わたしは淡いピンクのフレアパンツに花柄シャツを着ている。

　ロングヘアーを同じように花葉に巻いてもらっているとき、彼女が『いい女になってリアを見返す！』と意気込んでいて、それもまた逆に元気をもらったんだ。

　こうして気分を上げて、ここらへんでいちばん有名なスイーツ屋さんへと向かう。

　大きくて綺麗でとにかく、美味しいお菓子がたくさんあるところ。

　お店の名前は、筆記体で「syugaga」。

　「シュガガ」は、全国的にも有名で、おもに女子高生から多大な支持を集めるチェーン店。

　よくテレビなどでも紹介されているから、何か月も前から予約をしないと席は取れない。

　そんなところに当日すぐに決めて来れるわけ。

　それは、牙城くんのおかげだ。

　というのも、牙城くんのお友だちがこのお店の本部のご子息らしく。

　今日の予約はもともと牙城くんがそのお友だちに取ってもらっていたという。

　『俺の代わりに百々ちゃんが、友だちとでも行ったらいいよ』

　平然と言う彼に、首を振ってお断りしたんだけど。

　牙城くんが呆れたようにこう言ったから、ありがたくう
なずいたんだ。

『俺、甘いものより百々ちゃんの笑顔のほうが欲しいん
だけど。誰を連れていってもいいって言われてるし、俺の名
前言ったら問題ないよ』

　牙城くんは交友関係も広いんだなあ、と感心した話。

　この予約をどうしようかと思っていたから、ちょうどよ
かったんだよね。

　もちろんスイーツ大好きの花葉は大興奮。

　リアくんのこともすっかり気を取り直して、ルンルンと
となりで歩いている。

　いつもの姿に安心して、次に牙城くんに会ったときに感
謝を伝えなきゃ、と考えながらお店に入った。

「いらっしゃいませ」

　甘い匂いのする店内に、テンションが上がるなか、店員
さんに牙城くんの名前を伝える。

「こちらです」

　と、ほんとにすんなり案内してもらえて、拍子抜けした。

　土曜日だからかたくさんの人が並んでいるなか、申し訳
ないなあと思いつつも、花葉がとっても嬉しそうだから、
心がほんわんと温かくなった。

「よおっし！　食べまくるぞ〜〜!!」

　女子高生とは思えない雄叫びをあげながら店内を物色し

はじめた花葉に苦笑いを返しながら、後ろをついていく。

　多くの種類のおしゃれなスイーツが並んでいて。

　お、美味しそう……!!

　見た目といい美味しそうな匂いといい、なんとも女子の心を掴むというか、思わずよだれが……!

　そうこうして、楽しみながら食べて話して、1時間ほど経過した頃。

　ピロンッと軽やかな通知音が鳴り、わたしはスマホを取り出した。

　花葉に断ってから操作をすると、どうやら淡路くんからの連絡が。

【朝倉さん、もしかしてシュガガにいる？】

　その文字にびっくりして、即座に【そうだよ】と返すと、既読がつき……返信が来なくなった。

　……ど、どういうこと!?

　混乱してスマホをじーーっと穴が開くほど見つめていると、そのわたしの様子に気づいた花葉がもぐもぐゴクンとしたあと尋ねてくる。

「どうしたのー？」

「いや、じつは……」

　淡路くんからなぜかこんな連絡が来たんだよね、と花葉に伝えようと思った、そのとき。

「よっす、朝倉さん」

　わたしの頭上に聞こえる声。

「んええ!?　淡路くん、え、なんで……!?」

　メッセのやり取りをして、ものの数秒。

　わたしの後ろににこにこと立っている淡路くんに仰天して、うるさいほど大きな声で叫んでしまい、慌てて口をつぐんだ。

　わたしの目の前で花葉も、状況を把握しきれていない様子で目をぱちぱちさせている。

　まさか……、つけてたとか!?

　嫌な予感にごくりと息をのむと、淡路くんは持ち前の爽やかな笑顔で口を開いた。

「俺もここ、来てたんだよねー」

「えっ、……そうなの？」

「そーそー。まさか、朝倉さんたちのストーカーとかしてないからな、俺」

「ひっ……」

　ああ、バレてた。

　ぜんぜん違ったらしく、申し訳なくて肩を縮こませる。

「顔に出すぎて面白いわ」

　クスクス笑ってる淡路くんは、よく見たらスーツのようなものを身につけている。

　上はジャケットを羽織っていないシャツとネクタイのラフな格好だから、一瞬制服に見えた。

　わたしたちが通う学校はほぼ土曜は授業がないから、そんなことがあるはずないんだけど……。

　じつは休日はスーツで過ごす感じ、なのかな……？

　和風のおうちなら着物を着て過ごす、みたいな感じで。

　謎がまた深まりながらも、淡路くんは言う。

「そちらは？　やけ食い？」

　花葉を見つめ、そう聞く彼に苦笑いでごまかす。

　花葉はいまだに状況がわかっていないだろうけど、スイーツの美味しさに好奇心が勝てなかったのか、ずっともぐもぐしている。

「……百々、モテモテじゃん」

　ようやく口を開き、彼女にじとっと湿りけのある視線で見つめられたから、気まずくて目をそらしてしまう。

　これからどうしようかな……と思っていると、淡路くんは少しわたしから離れて言った。

「俺はそろそろ行くわー」

　え、と思わず引き止めそうになる。

　さっき話しかけてきてくれたばかりなのに、もう行っちゃうんだ……。

　それはそれで寂しいけれど、わざわざ引き止める理由もないから小さくうなずく。

「それじゃ、楽しんでね〜」

　含みのある言い方が、なんだか気になった。

　だけど、淡路くんはずっとそんな感じだから気にするのをやめて、花葉とまたおしゃべりを再開した。

　そっと淡路くんに視線を向けると、彼は同じくスーツ姿の背の高い男の人とお店を出ていった。

　男ふたりでスイーツ食べに来たのかな……？

　偏見はよくない、と思いつつも首を傾げてしまう。

　淡路くん、甘いの好きなんだ……。

　名前も、甘くんだもんね。

　クラスメイトの意外な一面を見れてほっこりしながら、
花葉と次の目的地について話しあうことにした。

　いまの時刻は午後5時半。

　そこまで遠くには行けないな、なんてことを考えていた
けれど。

　わたしは、ほんとになにも、気づいていなかった。

　どんどん、真っ暗の闇がすぐそこまで近づいているとい
うことに。

　牙城くんの忠告も忘れて……。

どようびの牙城くん

「あ～、疲れた！」

——22時38分。

結局あのあと、花葉のお家におじゃましてたくさんお話した。

花葉のご両親は今日は不在らしく、泊まっていくかとも尋ねられたけれど、さすがにそれははばかられて断った。

けれどわたしの家とは徒歩10分ほどの距離のため、せめて花葉の寂しさがおさまるまではいさせてもらおう……と思っていたら、こんな時間になってしまったのだ。

女子高生がこんな時間まで……、よくないと感じる人も多いと思うけど。

お母さんが忙しかったり、七々ちゃんが帰ってこなかったりで、ほかのお家よりも門限は厳しくない。

……いや、お母さんはこんなこと許さないかもしれない。

だけど、七々ちゃんのほうが危険なことをしているからか、わたしにもあまりなにも言わなくなったんだ。

「それじゃ、帰るね」

花葉に玄関まで送ってもらい、そう言葉を交わす。

花葉はもう吹っきれたという様子で表情が清々しい。

「待って、百々ひとりこんな時間じゃ危ないって！　わたし、百々の家まで送るよ」

「いや、それじゃあ花葉が危ないよ！　わたしは大丈夫。

なんたって近いし……」
「百々は可愛いからそういうわけにはいかないの！」
　どうしても送ってくれようとする花葉を、必死で止める。
　だって、たしかに夜道は怖いけれど、送ってもらうとその帰りに花葉もひとりになっちゃうもん。
　それにわたし、いちおう護身術は習ってるからね。
「……もう、わかった。だけど、絶対家に着いたら連絡して！わかった？」
　心配性だなあ。
　たったの10分でなにかなんて起こらない。
　電灯だってあるし。
「わかった。花葉も今日は早めに寝てね……？」
「りょーかい。リアのことなんて忘れるもん！」
「あはは……、じゃあね」
「ん、バイバイ！」
　手を振り、花葉とお別れをする。

　暗い夜道、ひとりでぽつりと歩く。
　もう深夜だというのに、まわりが少しうるさいのが気になった。
　足音やかすかな声。
　ふだんはないであろうそれに、だんだん怖くなってきて早足で歩く。
　なんとなく、スマホを取り出し、ちらりと見た。
　液晶画面に、うつる現在の時刻。

　　——22時59分。

　しまった、と思った。

　花葉とのことがあって、うっかり忘れていた。

『３日後の夜、23時以降、絶対に外に出たらいけないよ』

　牙城くんの、その忠告が今日だったことを。

　まずい、急いで帰らないと。

　わざわざ牙城くんがそんなことをわたしに言ってきたく
らいだから、きっと無関係ではないことがいまから起きる
んだ。

　もういっそ走ってしまおう……、と決心した、そのとき
だった。

「あれ、こんな時間に出歩いてるなんて、ソーイウコト？」

　パシ、と腕を掴まれ、びくりと肩が上がる。

　スーツ姿の男の人が、わたしに話しかけている。

　　——23時00分。

　なにか不吉なことがいまから起きる気がした。

　振りはらおうと腕を動かすも、ビクリともしない。

「え、てかさあ、女子高生？　だよね？　テンション上が
る〜」

「や、めてくださ……っ」

「え、でもこの時間にうろついてるってことは危ない目に
あっても文句言えないでしょ？」

　たしかに、誰だって好んでこんな時間に出歩いたりなん
かしない。

　こんなふうに、危険ととなりあわせだもの。

　でも、今日は不可抗力だったの。

　花葉の、親友のピンチを救ってあげたかったから。

　そう言い訳しても……、意味のないことだって、わかっているつもり。

「ってか、顔見せてよお」

　男の人の間延びした声が気持ち悪くて、ぶるぶると首を横に振る。

　そんなわたしの様子に腹が立ったのか、強引にわたしの髪を掴んだ男が顔を上げさせようとした……が。

「……なんで百々ちゃんがここにいんの？」

　ふと、そんな聞き慣れた声が落ちてきて。

　気づけばわたしを掴んでいた手から解放され、男は地面に倒れていた。

　……殴った、んだ。

　速すぎてわからなかった。

　……いつもの優しい瞳じゃなくて、わたしを見る彼の視線は鋭かった。

「……が、じょうくん」

「言ったじゃん。この時間にはいるなって」

　牙城くんは、……そう、淡路くんと同じようにスーツを着ていた。

　一瞬見たら、成人してるかと思うほど大人っぽい。

　ふだんならきっととときめいてしまう。

　だけど。

　今日の、……土曜日の牙城くんはいつものように優しく

なかった。

「牙城くん……。ごめんなさい……」

「許さない。なんで俺以外の奴に触られてんの？　っつーか、忠告忘れるとかどんだけばかなの？」

「え、あ……の」

「俺が来なかったら、百々ちゃんみたいなの、取って食われて、ハイおしまいなのわかってる？　まじで」

「……っ」

「言っとくけど、俺のまわりはそんな奴ばっかだから。土日は俺に会ってはいけない、の意味。……俺と会うってことは絶対、百々ちゃんが危険な目にあうってことなんだよ」

　お約束三か条の３つめ。

"朝倉百々は休日に牙城くんに会ってはならない"

　この約束の意味が、そんな理由だったなんて。

　どうしてだろう、こんな状況なのにキュンとしちゃった。

　牙城くんは、怒ってるのに。

　……よくない、わたし場違いだ。

　どうしたらいいんだろう、と唇を噛みしめてうつむいているると。

「あれ、ナギ〜？　こんなときに女連れかよ？」

　そんな呑気な声が聞こえてきた。

　驚いて顔を上げようとするけれど、それを阻止するように牙城くんがわたしにスーツのジャケットを被せたものだから前が見えなくなった。

　……牙城くんの匂いだ。

　いい匂い。

　変態みたいなことを思いながら、視界が真っ暗の中、にやけてしまう。

　相手の人にわたしの顔をなぜか見せたくないらしく、よくわからないけれど黙って従うことにした。

　そこで、ようやく牙城くんが口を開く。

「ちげえよ、この子は俺のオンナ」

　お、俺のオンナ……!?

　ええ、あ、……それって……どう言う意味!?

　呑気なのは、きっとこの場でわたしだけだ。

「ナギの？　へえ……、オンナ、ねえ」

「おまえはさっさと仕事しろ」

「へえへえ。総長は仕事中にうかうかオンナと会ってるくせにね」

「不可抗力だから」

「ふうん。まあ、なんでもいいけど」

　その会話を最後に、足音が遠ざかっていった。

　もう……、顔出してもいいかな？

　被らされたジャケットをそっとはずそうとすると、牙城くんが先に取ってくれた。

「百々ちゃん。もう家に帰れ」

　目が合った瞬間にそんなこと。

　真剣に言ってくれているせいか、透き通る瞳がやはり怖く感じる。

　わたしがここにいてはじゃま。

　そんな思いがひしひしと伝わってきて、うなだれた。
「が、牙城くんも……さっきの人みたいに、女の人に声を
かけて危ない目にあわせてるの……？」
　信じたくない。
　牙城くんがそんな人だなんて。
　けれど、この闇に包まれた牙城くんは、わたしの知らな
い彼に見えて恐ろしかった。
　牙城くんが牙城くんでないようで、とにかく不安だった。
「百々ちゃんさあ、言っとくけど俺もそういう人種なわけ。
きみが思ってるほど、白い人間じゃない」
　わかってる。
　そういう世界のトップに牙城くんが立っていることも。
　その、ひとりだけネクタイの色が違うスーツ姿も。
　今日がなにか、特別な日であることも。
　でも。
　牙城くんには、人として大切な道を踏みはずしてほしく
ない。
　……七々ちゃんにはこういうことを言えないから、ただ
の自己満なのだけれど。
「わかってるよ、だけど……っ」
「…………」
「牙城くんは、そんな最低なことしない」
　はっきり言える。
　今夜が危険だという言葉がどんな意味を持つのか。
　詳しいことはなにも知らないけれど、きっと牙城くんは

そんなことしない。

　キッと牙城くんを睨むと、彼はふっと観念したように
笑った。

「百々ちゃんにはやっぱ敵わねえわ」

　……やっぱり、しないんだ。

　よかった、と安堵していると、牙城くんはすぐに真剣な
表情になって説明してくれた。

「俺ら【狼龍】の集会がある第3土曜日には、必ず敵対し
ている【相楽】がやってくるんだ」

「え……、なんで？」

　【相楽】って、牙城くんがこの前通話していたときに言っ
てた族だよね。

　ということは、こんな物騒なことをしているのは【相楽】
だけ？

　わたしの腕を掴んできたあの男の人も、そのグループ
だったのかもしれない。

「というのも、【狼龍】の集会に、毎回【相楽】みたいな俺
らを倒そうと息巻いている族が様子を見に来るんだ」

　いわゆる、盗み聞き。

　集会では人が行き交うし、大事な話もするから、【狼龍】
に混じって偵察に来ているということ。

　……なにそれ、非道だ。

　思わず頭を抱える。

　けれど、文脈的には牙城くんは悪いことをしていないの
かな？

　一縷の望みがわたしの心を浮かせる。

　けれど、そういうわけにはいかなさそうだ。

「百々ちゃんみたいに、毎度俺らのテリトリーで手ぐせの悪い奴に危ない目にあう人はいる。その制裁はおもに俺が行ってる。まあ、ほぼ半殺し程度で済ませてやってるんだけど」

「はんごろ……」

「アレに関しては、もう殺って消すしか道はねーよな」

　アレ、と言って牙城くんがちらりと見たのは、さっき絡んできた男の人……牙城くんに殴られて伸びてるけど。

　殺って消す、……って。

　そんな言葉をスラスラ口に出す牙城くんが信じられなくて、黙りこんでしまう。

「……ねえ、わかる？　百々ちゃん」

　諭すように、ゆっくりと言葉を紡ぐ牙城くん。

「俺を怒らせたら大変なことになるんだよ」

　静かな怒りが、わたしに纏わりつく。

　牙城くんを怒らせてしまったのは、わたしだ。

　忠告を聞かなかったから。

「だから、もう今日は会わなかったことにする。俺と百々ちゃんは休日には会ってはいけない……って、ちゃんと頭に刻んどいて。今回だけはイエローカード。次はないよ」

　コクリ、と小さくうなずいた。

　たぶん、牙城くんがわたしと休日に会いたくないのは、学校の彼とぜんぜん違うからだ。

　雰囲気も、格好も、言葉も。

　その世界の色にふさわしく、変化してる。

「……ここからひとりで帰れる？」

　ふと、優しく尋ねてくれる牙城くんに、安心させるよう
にうなずいた。

「牙城くん……、ケガはしないでね」

　前にも言った。

　だけど、このままじゃ危ないことに首を突っこみそうで
不安だった。

「ん。だいじょーぶ」

　わたしの頭に手をのせて、わしゃわしゃと撫でてくる。

　くすぐったくて目を細めると、彼はやわらかい瞳で見つ
めてきた。

「じゃあ、また月曜日」

　わたしに手を振り、そのあとすぐにスマホを取り出して
言う。

「……ああ、うん。いまおまえらがいるそこの通り、綺麗
にしといて。跡残すなよ」

　なにやらつぶやいていたけれどその声は聞こえなくて、
牙城くんにまた怒られないうちに早足で家路についた。

　もう少しで着く……、というときに。

「あれー、朝倉さん？」

　……と、またまた本日２回目の声が。

「あ、淡路くん……!?」

　淡路くんが、なぜここに？

　まさか……、彼もそういうこと？

　びっくりしすぎて唖然とすると、淡路くんは苦笑いをして口を開いた。

「あ、俺ね。牙城に雇（やと）われてんの」

「や、雇われ……っ？」

　ちょちょ、ちょっと待って。

　さっきからなにがなんだかわかんない。

　頭が混乱しすぎて、整理ができていないんだってば。

　情報量が多すぎる。

　誰か簡潔（かんけつ）にわかりやすく教えてほしい。

　わたしが見るからに困った顔をしているのに気づいたのか、淡路くんはにこりと笑って説明してくれた。

　どうやら、こういうことらしい。

　牙城くん率いる【狼龍】は、全国No. 1の強さを誇る暴走族。

　その下が、非道な手を使う【相楽】。

　ほかにも数多（あまた）の組織が存在するけれど、目立っているのはこのふたつくらいらしい。

　淡路くんに関しては、どこにも属していないらしく、でもその腕を買った幼なじみの牙城くんが彼をときどき応援（おうえん）に呼ぶんだって。

　まず、牙城くんと淡路くんがそんなに仲がいいとはつゆ知らず。

　つい最近話したところでは、牙城くんのこと少し怖がっ

てたのに……。

　それを正直に訊けば、淡路くんが牙城くんに恐怖を抱いているのは、あながちまちがいではないんだそう。

　なんでも、牙城くんは突っ走ったら止められないタイプ。

　それに彼らの関係はめちゃめちゃ仲がいい友だち、というより信頼している犬猿の仲、なんだと説明してくれた。

　そこまでひと息に話してくれた淡路くんに感謝していると、まだ続きがあるらしく。

「ちなみに、朝倉さんに接触してることはあいつ知らないんだよね～」

「……えっ？」

「いや～、いつもめんどい仕事ばっか押しつけてくるお返し的な？　怒り狂ったら怖いなあ」

「……ほ、ほんとに怖いと思ってるの？」

「思ってる思ってる。だって相当、朝倉さん気に入ってるみたいだし」

「そうかな……」

　牙城くんには、あまり心配かけないようにしないと。

　ほんとに爆発しちゃうくらいに怒らせたらどうなってしまうのか。

　想像するのも怖い。

　わたしの知らない牙城くんが垣間見えて、どこか不安も心によぎって。

　けれど、そうやって心配してもらえる存在であることに嬉しさも感じちゃう。

　ふーっと息を吐き、淡路くんに言う。

「それじゃあね、淡路くん」

「はいよー」

　淡路くんらしい返事にクスリと笑いながら、背を向けて、家に入った。

「見送ったよー」

『サンキュー甘！　ほかの人間に顔見られてない？』

「大丈夫。ま、俺がそんなヘマしないよねえ」

『ハイハイ、ありがと』

「にしても、だいぶややこしいことになってるね。……牙城はお姫さまを守ろうと必死で」

『あー……それは、ノーコメントで』

　わたしの知らないところで、そんな会話がなされていた。

☆
☆
☆
☆

＊ 独占 ＊

ふかしぎな牙城くん

「が、牙城くん……！」

「なに一、百々ちゃん」

「……だからっ！　距離近いってば……！」

　距離感、やっぱりおかしいよ！

　なんでちゃっかりわたしを後ろから抱きしめてるの!?

「いーじゃんか。なんか百々ちゃんのやわらかくてちっこいサイズ感、たまんねえもん」

「ほ、褒めてる……!?」

「もちろん。俺が抱きしめたくなるのは百々ちゃんだけだから」

　にこにこと。

　そんな赤面するセリフをさらっと言いのける牙城くんに、ふつふつと 憤 り を覚える。

　あの土曜日から日が経ち、月曜日。

　いつもどおりすぎるこの光景に、なんだかほっとしたのも事実だけど。

　だからって朝登校しているわたしにタックルレベルで抱きついてくる彼を、許せるほどわたしの心は広くない。

「あれ、そういえば今日はお友だちいねーの？」

　きょろきょろとあたりを見渡す牙城くん。

　きっと彼は花葉のことを言っているんだと悟り、伝える。

「花葉は今日お休みだって」

　どうやら花葉は、あれからたくさん寝たらしいけれど。
　どうしたものか、食べすぎたスイーツにお腹<ruby>腹<rt>なか</rt></ruby>をやられ、胃もたれを起こした。
　それを朝、通話で聞いたとき。
『<ruby>失恋<rt>しつれん</rt></ruby>は胃もたれ胸焼けああしんど』
　と、変な一句を<ruby>詠<rt>よ</rt></ruby>むものだから、爆笑してしまったのは言うまでもない。
　それでも親友が元気になってくれたから、わたしの心はルンルンだ。
「おー、なら俺百々ちゃんひとりじめじゃん。ラッキー」
「んんっ？　なんでそうなるの？」
「え、だって百々ちゃん友だち少ないっしょ」
「……っそ、そんなことないもん！」
　地味にけなしてくるのやめて？
　<ruby>傷<rt>きず</rt></ruby>つくから！
　友だち少ないのは……、本当だけど。
「俺が構ってあげるから、おいでよ」
　そんな甘ーい言葉をささやいて。
「……どうせ、牙城くんが構いたいだけでしょ」
　本心は見え見えだからね？
「あ、バレた？」
「あたり前だよ！」
　ふーんだ。
　失礼な牙城くんは放っておいて、ほかのお友だちとお昼休みを過ごしてやるっ！

　そう抗議してぷんすか怒っているわたしに、牙城くんは
なぜか黒い笑みを浮かべていて。

　……あれ、まずい。嫌な予感。

「ん？　百々ちゃん。休み時間は俺と過ごすんだろ、え？」

「だって……！　牙城くんがいじわる言うから！」

「でもさあ、もうきみはイエローカード１枚持ってんじゃ
ん。あー、そろそろ監禁案も考えないとね」

「…………」

　負けた。

　口では勝てない。

　力でもあたり前に勝てない。

　頭のよさも勝てない。

　ましてや、運動神経も勝てない。

　……絶望。

　わたし、牙城くんに負けてばかりだ。

　あまりにもひどい現実にショックを受ける。

　牙城くんみたいな完璧人間がおかしいんだ。

　ひとには欠点のひとつやふたつ、きっと誰にもあるんだ
から……！

　なんとか自分で心を取り戻し、落ち着かせる。

　まだ傷心中のわたしと違い元気な牙城くんは、思い出し
たように口を開いた。

「そういえば、俺、百々ちゃんの連絡先持ってないんだけど」

　自分のスマホを掲げ、ふてくされる牙城くん。

　毎日一緒にいるからか、お互いの連絡先を知らなくても

困らないせいで、いままで聞いたことがない。

　淡路くんとそれを交換したときに、牙城くんに尋ねよう
と思っていたのに忘れてた。

　でも、やっぱり牙城くんの連絡先がスマホに入るのはと
ても嬉しい。

「ほんとだ……、聞いてもいい？」

「あたり前な。俺が欲しいんだし」

　手を出されたからスマホを渡し、少し待っていたけれど。

「……エミのは持ってんだ？」

　淡路くんの名前がたまたま見えたらしく、しかめ面をす
る牙城くん。

　やましいことはまったくないけれど、ちょっぴり焦っ
ちゃう。

　……ほんとは、牙城くんと先に交換したかったんだよ。

　だけど、そんなことをいまさら言っても、すでにお怒り
モードの牙城くんには意味がないわけで。

「お、同じクラスだからね……」

　冷や汗をたらしてありきたりの言葉で弁解するわたし
に、彼は唇を尖らせて不機嫌さを表した。

　……ううっ、これは怒ってる。

　わたしのスマホを握りしめる大きな手が力んでいるのを
見てしまい、笑みが凍る。

　……やらかしちゃったのは、まちがいないや。

「へえ？　妬けるね」

　試すようにわたしをちらっと見る牙城くんは、自分の連

絡先を入れ終えたのか、スマホをわたしに返した。

「あんま妬かせないでよ」

　その言葉とともに、牙城くんは大きく伸びをする。

　真剣なのかそうじゃないのか、よくわからない人。

　コクリと従順にうなずくわたしの横で、さらに牙城くんはふわあっとあくびをしていた。

　……もう、呑気なんだから。

「なーんか、口寂しーわ」

　ぽつりとつぶやいた彼に首を傾げる。

　……と、ポケットから取り出したのは……、ざっと数えて10本ほどのカラフルな棒付きキャンディ。

「百々ちゃんも食う？」

　はい、と目の前に出されたそれらに、えっと目を見開く。

「くれるの？」

　まさか自分のものをわたしに分けてくれるなんて思わなくてびっくりした。

　なんとなく、牙城くんって自分のテリトリーには誰も寄せつけないイメージがあるもん。

　朝から甘いものは重いかな、と思いつつも飴は好きだから、控えめにうなずいた。

「ん。どれがいい？」

　ざっと見ると、同じ種類がふたつずつあるから……5種類かな。

　どれもフルーツの味らしく……、迷った結果、パープルのものを指差した。

　理由は、よく、牙城くんが口に含んでるから。

　意味はないけど……、ただ、牙城くんと同じものを共有
したかったのかもしれない。

　最近、ふと彼を遠くに感じることがあり……、届くのな
らあわよくば手を伸ばしたい、そんな気持ちがあったんだ。

「俺も葡萄にしよーって思ってた」

　嬉しそうに渡され、お礼を言う。

　ぺりぺりっと包みをはずしながら、口を開く。

「がじょーくん」

　わざと、ゆるめに呼んでみた。

「なーに。ももちゃん」

　同じように返してきた牙城くんにクスリと笑いながら、
口を開く。

「牙城くんって、……女の子に慣れてる？」

「……は」

　話題に脈絡がなさすぎたせいか、ぽかーんとしている牙
城くん。

　なんでそんなことを言われるのかわからない、って顔を
している。

　だって、だって。

　わたし、ずっと思ってたんだよ。

　牙城くんは、学校では女の子にまったくと言っていいほ
ど関わらないけど……、夜の世界ではそういうこと、して
るのかなって。

　それに……、たまに甘やかしたりいじわるしたり……そ

ういう緩急が絶妙で、どうしても慣れてるとしか考えられ
ないんだもの。

　ぷくり、と頬を膨らましたわたしに、牙城くんは驚きか
ら解け、クスリと笑った。
「ほんとさ、百々ちゃん鈍いよな」

　わたしの頬に、そっと触れて熱くさせる。

　朝から妙な色気を纏った牙城くんに……、ドクッと体中
の血液が波打つ。
「俺がこうやってたくさん話すのも、触れるのも、可愛いっ
て思うのも。そんな女の子は、ひとりだけだよ」
「ひと、り……」

　それは……、わたし？

　うぬぼれ？

　勘違い？

　わざと名前を言わないとこ。

　そういう掴めないところにまた惑わされ、惹かれて、心
がごっそり持っていかれる。

　恐ろしい人、……牙城渚くん。
「あと、俺の夜は健全だから」
「んんっ……、なんか言い方やだ！」

　いやらしく聞こえてしまうのは……、わたしだけ？
「気になってたくせに。変態百々ちゃん」
「はい!?　牙城くんのばかたれ！」
「うんうん。オトナの色気よりも、百々ちゃんの癒しのほ
うが圧倒的に大優勝だし」

「それ、遠回しにわたしには色気がないって言ってるでしょ！」

　このぉ……っ！

　デリカシーに欠けてるんだから！

　いいんだ、べつに！　お子さまでもなんでも好き勝手言いなさい！

　牙城くんに怒って憤り、口に含んだ棒付きキャンディをガリガリ嚙み砕いたけれど。

　そのせいで飴の欠(か)けらが喉に刺さってしまい。

「ぐぉ……っ」

　と、なんとも可愛げのない声が漏れてしまった。

　こういうとき、「きゃっ」とか言えない自分が恨(うら)めしい。

　色気どころか、女子力もないなんて悲しすぎる……。

「変な声も可愛いよ」

　だけど、牙城くんは平然とわけのわからないことをつぶやいていたから、それは無視させてもらった。

　彼は、本当のことを言っているのか否か、まったく読めないから。

　ゴホゴホ咳(せ)きこむわたしの背中をさすりながら、牙城くんは愛(いと)おしそうに見つめてくる。

「俺が捕まえたからには誰んとこにも行かせねえからさ、安心しな？」

「げほっ、……安心できない」

「えー？　俺が縛(しば)ってあげるのに」

「縛らないで!?」

　牙城くんの茶々のおかげか喉の痛みも消えて、ふう、と
ひと息つく。

　校門をくぐり、牙城くんの少し手前を歩く。

　前のほうでお友だちが手を振ってくれていて、同じく振
り返した。

「……百々ちゃんだけは死んでも離さねえわ」

「……え？　牙城くんなにか言った？」

「ん、スカートのチャック開いてるよ」

「えっ、ううう嘘!?」

　慌ててスカートに手を当てて確認するけれど……、閉
まってる。

　からかわれたと気づき、憤慨する。

「もう、変なこと言わないで……！」

　しょうもなさすぎる！

　本当だったら大変なことになってるんだから！

「あれ、おかしいなあ」

　当の牙城くんは、とぼけてるけど！

　絶対許してあげない！

「あれ、朝倉さん。牙城にいじめられてるの？」

　怒ってバシバシ牙城くんを叩いていたら、たまたまなの
か読めないけれど、通りかかった淡路くんが軽く声をかけ
てきた。

　牙城くんと淡路くんとわたし。

　このスリーショットははじめてで、なんだかこちらが緊
張してしまう。

　それに、あの夜のことも思い出してしまう。

　ふたりの間では触れないようにしていた、あの日。

『俺を怒らせたら大変なことになるんだよ』

　月の光に照らされた妖艶な牙城くん。

　あの日をなかったことにしたいほど、わたしの知らない彼だった。

　ぶんぶんと頭の中の思い出を振りはらって、淡路くんと話す。

「そう、牙城くんがいじめてくる……！」

　もう、こうなったら牙城くんに悪いこと丸投げだ。

　牙城くんはわたしと淡路くんが話しているのをよく思っていないのか、それともわたしの言葉が気に入らなかったのか、黒いオーラで声をかけてくる。

「……モモチャン？」

　きっとここで彼のほうを向いたらおしまい。

　どうせなら、と淡路くんを巻きこんでいく。

「牙城はそういう奴だもんねえ」

「うん。でもね、たまに、優しいよ」

「エミ、まじうざいんだけど、なに？　てか、百々ちゃんもわりと失礼じゃね？」

「朝倉さん。俺は優しいからさ、俺んとこ来る？」

「え、それは……ウーン」

「うわあー、エミめっちゃ百々ちゃんに嫌われてんじゃん、まあそりゃそうだわ、俺仕様に躾けてるし」

「うざいのは牙城だわ」

　バチバチと火花を散らして睨みあっているふたり。

　なんだかどちらも煽りあいをしているような……？

　これはどうすればいいのか……、うーん、……わからなくなってきた。

　もういっそのこと、……ふたりとも置いていっちゃおうかな。

　仲いいし、大丈夫、だよね。

「ちょ、百々ちゃん。歩くの速くない？」

「ううん、そんなことないよ……？」

　牙城くんは、過敏に気づく。

　たらりと冷や汗をかくけれど、なんとかごまかす。

「あるよね、ねえなんで百々ちゃん俺から逃げんの」

「うわあ、牙城の半泣き笑える」

「エミ消えて」

「怖い怖い怖い」

　そんなこんなで３人で登校していると、視線が痛いほど浴びせられた。

　とくに、女の子からの視線。

　それは牙城くんといるからなんだろうけど、もはや慣れすぎて日常だから、あまり気にしないようにしている。

　だけど、今日は人気者の淡路くんも一緒にいるからか、ヒソヒソとわたしたちを噂する声が、いつにも増して聞こえてしまう。

「……ねえ、見て。牙城渚くんと、淡路甘くんだ……！あー、でも今日も朝倉さんいるよね」

「朝倉さん、どっちとも仲いいって……なんでなんだろう」

「ふんわりしてると見せかけて、二股かけてたりして」

「それ、ありえるかも。だって牙城くんはとくに、女の子との関わりいっさいないから、朝倉さんにばかり構うのおかしいもん」

「やめときなよ……、知らないの？ "牙城渚を怒らせたら殺される"って……」

「知ってるけど……朝倉さんばかりズルいんだもん」

　二股……、ズルい……、かあ。

　面と向かって言われてはいないけれど、どこか心の隅っこで傷ついてしまう。

　わたしはもともと、女の子に好かれるタイプじゃないため、こういうのはたくさん経験してきたから慣れてるはずなのに。

　何度も経験したと言っても、やっぱり……陰口、は嬉しくなんかない。

　牙城くんと仲良くするのが、いけない……？

　彼が不良で、女の子嫌いで、すごくカッコいいから？

　わたしだけを構うから？

　そうだとしても、わたしは牙城くんから離れない。

　誰になんと言われても、噂なんか信じないって決めているんだ。

　もしこういうのが牙城くんに聞こえたら、おおごとになってしまうのは目に見えていて。

　……耳に入ってたり、しないよね。

　そろーっと牙城くんを見ると、彼は淡路くんとまだ口論を続けていて、聞こえている様子はなかった。

　ふう、と安堵しながら、ふたりを振り返って声をかける。

「淡路くん、今日一緒にお昼……食べる？」

　きっと、淡路くんは誘っても来ないと思うけれど、いつまでも口喧嘩をやめないふたりを止めるための中和剤。

「は？　百々ちゃんなに言ってんの。こいつと昼飯食べるとか絶対嫌なんだけど。てか、百々ちゃんのもぐもぐしてるくそ可愛い姿ほかの男に見せるとかふつうに無理なんだけど」

「長いって。いやあ、でも、俺行こうかなー」

「来んな。失せろ」

「牙城くん！　ひとを傷つけちゃうような言葉遣い、だめだよ……っ」

「ごめん百々ちゃん。嫌いになんないで」

「え、牙城、おまえ二重人格なの？」

　もう……せっかくの仲裁も、意味がなかったみたいだ。

　というか……よけいにひどくなってると感じるのは気のせい……？

「もぐもぐしてる朝倉さん、見たいじゃん」

「そんなの、見なくていいよ……」

　牙城くんが特殊なだけで、ぜんぜんいいものじゃないからね？

　やめてやめて、と首を横に振る。

　ただ単純に恥ずかしくて断っただけなのに、牙城くんは

なんだか嬉しそう。

「わかる？　エミ、遠回しに百々ちゃんに来んなって言われてんだよそれ」

「いや、誘った本人がそんなことするわけあるか。てか、朝倉さんそんな人じゃないし」

「……なに？　百々ちゃんのこと知ってますってマウント？　残念、俺のほうが知ってんだ」

「……ほんと、牙城って朝倉さんのことになるとめんどいよな」

　だんだん激化しだすふたりの口論。

　もうわたしには手に負えなくなり、いつかおさまるだろうと放置することにした。

　教室に向かいながら、考える。

　そういえば、今日は花葉がいないんだった……。

　寂しい……。

　けれど、わたしには、牙城くんがいる。

　休み時間は強制的に一緒にいないといけないけれど、なんだかんだ、女の子の友だちが少ないわたしには助かっていたりする。

　こんな言い方だと都合のいい相手、みたいだ。

　……違うよ、ぜんぜん違う。

　牙城くんのおかげで、学校がたくさんの楽しさにあふれているんだもん。

　牙城くんの、少し……いや、けっこうきつめの独占欲が、わたしにはちょうどよかったりするのだ。

わたしは、牙城くんがいないとだめだと思う。

きっと、唯一無二の存在。

誰にも、渡したくない。

わたしだけを見ていてほしい……、なんて、思う感情は。

どうすればおさまってくれるんだろう。

「せっかくだけど、朝倉さん。牙城が面倒だから、お昼は遠慮<ruby>えんりょ</ruby>しとくね」

牙城くんに噛みつかれてばかりの淡路くんは今日も爽やかな笑顔で、そう断った。

ようやく一段落ついたのか、牙城くんは少しだけおとなしくなっていた。

「百々ちゃんとのラブラブお昼休みが死守されたということで、今日は唇にキスでも……」

……ように見えただけだったようだ。

「牙城くん……!?　しないし、大きな声でそんなこと言わないで……！」

ありえない！　デリカシーがない……！

しーっと人さし指を立てて注意したら、牙城くんはしょぼんと肩を落として。

「フラれた……」

「……牙城をこんなんにするの、やっぱ朝倉さんだけだわ」

苦笑いしている淡路くんに、ぽんっと肩を叩かれていた。

「……いいわ、もう。今日も絶賛<ruby>ぜっさん</ruby>可愛すぎる百々ちゃんのお顔眺められるだけ幸せだと思うことにする」

「牙城くん……、恥ずかしいよ」

「恥ずかしがってるのやばい可愛い、やっぱキス……」

「し、な、いっ!!」

「デスヨネ……」

　これが、牙城くんの通常運転。

　淡路くん効果か、牙城くん節が止まらない朝だった。

ゆるさない牙城くん

「朝倉さん。ちょっと話あるんだけど、いい？」

　その日の休み時間。

　そろそろ牙城くんが会いに来るかな、と教室で待っていると。

　やってきたのは牙城くんじゃなく、彼のクラスの女の子３人だった。

　声をかけてきた子は、派手めなメイクとくるくる巻かれたブラウンの髪が印象的だ。

　綺麗な人たちだなあ、と見惚れているも、……あまり友好的な雰囲気ではなさそう。

　もちろん、話したことはなく、関わりもまったくない人たち。

　話すことなんてきっとないはずなのに、わたしを呼んだということは……、牙城くん関係だろうと思う。

「……わかり、ました」

　きっと牙城くんがいたら、のこのこついていくなって言うだろうけれど。

　わたしだって、わたしの意思があるんだもの。

　牙城くんには、メッセージを入れておく。

【お腹が痛くてお手洗い行ってるから、この時間はゆっくりしてね】

　……うん、違和感ないはず。

　スマホをポケットにしまい、待ってる彼女らの後ろを歩いた。

　……牙城くんに近づくな、って言われちゃうかな。

　今朝聞こえてきた噂だって、そういうことだろう。

　でも、誰になにを言われても、牙城くんのとなりにいるって決めてるの。

　出会ったあのときから、牙城くんは、わたしが守るって心に誓ったから。

　だから、だよ。

　牙城くんのいないところでも、わたしはひとりで大丈夫だって証明しないといけないんだ。

　あきらかにわたしだけが浮いている、廊下を歩いているメンバーを、ほかの生徒たちが興味津々に見つめてくる。

　その中には同情のような目もあって、いたたまれなかった。

　連れられて到着したのは、別棟にある、旧校舎の空き教室。

　めったに人が通らない場所。

　そんなところにわたしを呼んだってことは……。

　自分の意思で来たはずなのに、これから起こるであろうことを予想して、思わず身震いしてしまう。

　……大丈夫、大丈夫だよ、百々。

　わたしだって、七々ちゃんみたいに戦えるもの。

　牙城くんに守られてばかりじゃ、だめだから。

彼のとなりにいても不思議じゃないって。

そんな存在になりたいって、思ったもん。

「……あのさ、朝倉さん。牙城くんと仲いいんだっけ」

あまり牙城くんの名前を大きな声で言えないのか、小さく尋ねてくる巻き髪の彼女。

ブレザーを見ると、名前は佐藤さんというらしい。

この３人の中ではボスっぽい雰囲気がある女の子。

とっても美人さんで、きっと、牙城くんのファンなんだと思う。

「仲いい、です」

否定はせずに、うなずいた。

肯定することが、佐藤さんの癪に障ることはわかっていたけれど、それは譲れなかった。

牙城くんとは、毎日ほぼ一緒にいるんだよ。

それで、仲良くないっていうほうが変だもの。

まっすぐ彼女を見つめると、佐藤さんは、わたしの言葉に案の定、顔をしかめた。

「……っどうして、朝倉さんなの？」

じわっと涙を浮かべ、少し声を荒らげた佐藤さん。

後ろにいるふたりは、佐藤さんの付き添いなのか、いまにも泣きだしそうな彼女におろおろしている。

……どうして、わたしなの、かあ。

そんなの、わたしも聞きたかった。

牙城くんが、なぜ、こんなにもわたしに構うのか。

わたしに、どんな気持ちを抱いているのか。

彼が、わたしを独占する理由とか。

……わたしは、ぜんぶ、知らない。

でも、あの日、牙城くんと出会った日。

『……なまえ、なに』

『えっ……、あ、アサクラ、モモです。百々』

『……もも、ちゃん』

　わたしがこんなにも惹かれるのは、牙城くんしかいないと思ったんだ。

「わたしは……っ、中学生のときから好きなのに！　牙城くんがうちの高校に転校してくるって聞いて嬉しかった。それなのに……！」

「…………」

「牙城くんのなんにも知らないくせに、朝倉さんが、なんで……っ」

　わっ、と泣きだした佐藤さん。

　本気で牙城くんが好きなのが伝わってきて、心がズキズキと痛かった。

『牙城くんのなんにも知らないくせに』

　その言葉も、心にグサッと刺さってしんどかった。

　たしかに、わたしは牙城くんのとなりにいるのに、なにも知らない。

　彼の過去や、とりまく環境すらもわからない。

　あえて、踏みこまなかった。

　あんなにも強く、名を轟かせ、人望だってある牙城くん
の弱さを、わたしが守りたかったから。

　牙城くんの、少しの息抜きとなる存在になればいいな、
と思ったから。

　だからわたしは、自ら選んで牙城くんを知ろうとしない。

「……お願いだから、もう牙城くんに近づかないで」

　キッと睨まれ、そう忠告を受ける。

　佐藤さんの気持ちは、わたしなりに、わかる。

　牙城くんは愛されてるなって思うし、わたしが佐藤さん
だけでなく、ほかの女の子たちにも疎まれてるのも知って
いる。

　離れたほうがいいのは、もちろんわかってる。

　けれど、わたしは牙城くんから離れたくないの。

「……ごめん、なさい。牙城くんは、わたしの大切な友だ
ちだから……」

　嫌です、と。

　そう続けようとしたわたしの頬を、佐藤さんが平手で叩
いた。

　パンッ、と空気が割れたような音が鳴り、頭が真っ白に
なる。

　頬が、……ジンジンする。

　叩かれた、そう感じた瞬間、思わず涙が出そうになった。

「牙城くんのこと、友だちだなんて言わないでよ……っ！」

　涙がにじんだ目でわたしを睨み、つめよってくる佐藤さ
ん。

　彼女に叩かれた頬に手を当て、呆然としているわたしに、さらに拍車をかける。

「牙城くんに近づきたくても近づけなくて。友だちにすらなれないわたしたちの気持ち、朝倉さんにわかる!?」

「……っ」

　軽率だった。

　わたしは、牙城くんに与えられている席にのうのうと座っているって。

　いままで、こんなふうに恨まれなかったほうがおかしかったんだって。

　牙城くんがどれほどひとを魅了しているのか……改めて、気づいたんだ。

　だけど、どうしてか謝れなかった。

　謝ったら、わたしを甘やかしてくれる牙城くんに失礼な気がした。

「最近は、淡路くんにも手を出してるんでしょ……っ？ いい加減にしなよ！」

　なんにも言い返せなくて、悔しくて、唇を噛んだ。

　感情が抑えきれなくなった佐藤さんを、慌ててふたりが制しているのが見える。

　……淡路くんにも、彼は悪くないのにわたしのせいで迷惑をかけちゃった。

　否定しようと口を開いたものの、これ以上彼女を怒らせるのは正しくない気がして、やめた。

　叩かれた頬はだんだん痛みがひどくなってくるし、どう

したらいいのかわからない。

　すると、付き添いのふたりが佐藤さんの肩に手を添え、首を横に振った。

「……アヤメ、そのへんにしときな」

「じゃないと、アヤメがどんどん悪者になっちゃう」

「でも……っ」

　抗おうとした佐藤さんは、黙って首を横に振るふたりに、ぐっと言葉をつまらせた。

　わたしをかばったわけではない。

　佐藤さんを止めるための行動だったけれど、本当は安堵した。

　当の佐藤さんは少し熱が引いたのか、声のトーンが変わった。

「わたしはっ、……牙城くんのとなりにいるのは、あの人だったらあきらめられたのに」

「……あの、人？」

　あの人って、誰のこと……？

「……え、まさか、朝倉さん知らないの？」

　心底驚いたというように目を見開かせる佐藤さんに、心にひゅーっと冷たい風が吹いたように感じる。

　……わたしの、知らない牙城くんの話。

「えーうっそ、それは気の毒かも……ねえ？」

　共感を求めるようにふたりに問いかけた佐藤さん。

　どうやらあの人とは、周知の事実なのか、気まずそうにふたりはそろってうなずいた。

　……もやもやと、心に黒い渦が巻いた。

「近いうちに傷つくのは、朝倉さんかもね」

　どういうことですか、だなんて聞けなかった。

　ひんやりとしたわたしの心には、牙城くんの温もりが不足していて。

「……せいぜい牙城くんに愛想振りまいとけばいいんじゃない」

　内側の取っ手が壊れた扉を開けて出ていった佐藤さんたちは、わたしがなにも言わないと感じると、外側から鍵<ruby>鍵<rt>かぎ</rt></ruby>をかけて去っていった。

　しばらく呆然としているも、教室に戻らないと授業がはじまるから、扉を開けようとしたけれど。

「……開かないや」

　取っ手が壊れているせいで、空き教室から出られない。

　ドンドン、と扉を叩いても助けが来る気配はまったくない。

　旧校舎にひとりきり。

　もちろん、旧校舎なので誰も通らないから、どうしようもなかった。

　急に寂しさを感じて、涙がこみあげてくる。

　牙城くんに会いたい。

　そう思ったけれど、あんな忠告を受けたあと、会うのは辛かった。

　もういっそ、思いっきり泣いてやろうと、うえーんと涙を流した。

「ほっぺ、痛いよ……」

ジンジンして、ヒリヒリする。

手で冷やすも効果はなくて、痛みは増すばかり。

ぐずぐずと泣き続け、教室の隅っこで頬と心の痛みに耐えていると。

——プルルッ、プルル。

「わっ……」

ポケットに入れていたスマホが鳴りだし、その存在に、はじめて気づいた。

助けを呼べる状況であったのにも関わらず、泣き続けた自分自身が少し恥ずかしくなる。

慌てて取り出すと、そこには牙城くんの名前が表示されていて。

電話、だ……。

出たいような、出たくないような。

ためらいながら、通話ボタンを押した。

『……百々ちゃん、いまどこ』

スマホ越しに聞こえた牙城くんの声が、……すごく怒っている。

あまりにも低い声に、ドキッとした。

まさか、空き教室に閉じこめられてます、だなんて言えず、なんとか声のトーンを上げて取り繕う。

勘のいい、牙城くんにバレたら……だめ。

「……う、あのね、ぜんぜんお腹が治らなくて……トイレにいるんだ。だ、か……」

　だから、大丈夫。

　そう言おうと思ったのに……。

『やめろ、嘘つくな』

　牙城くんは、怒気を含んだ声でわたしの言葉の続きを制した。

　あまりにも彼の低い声が怖くて、でも、ここで怯んだらいけないと思い、なんとか言葉を発する。

「……っ嘘じゃ、ない」

　どうして、牙城くんはわたしのことはすべてお見通しなんだろう。

　わたしは、きみをまったく知らないのに。

『こっちはぜんぶ、わかってんだよ。百々ちゃん、場所言え』

　牙城くんの危険さを目のあたりにしたあの夜のように、怒りをあらわにする牙城くん。

　はじめて、牙城くんが恐ろしいと思った。

　感情の表現は控えめな牙城くんが、こんなにも怒るとは考えもしなかった。

　これ以上、……牙城くんを不機嫌にさせられない。

　観念して、いまいるところを口にする。

「……旧校舎、の、空き教室」

『わかった。いまから行くから、百々ちゃん、泣くなよ』

　だめだよ。

　もうすぐ授業はじまるのに。

　さんざん、彼にちゃんと受けなさいって言っていたわたしのせいで、授業をサボるなんて。

　わたしは大丈夫。

　そう言おうと思ったけれど、どうしてか牙城くんにいますぐ会いたくて、涙をポタポタ落としながらうなずくことしかできなかった。

　泣くなよ、って言われた。

　でも、……無理だもん。

　牙城くんがわたしを心配して、駆けつけてくれるのが、すごく嬉しいから。

　佐藤さんたちにもう近づくなって言われたのに、わたしって……サイテーだ。

　通話は切れていて、ツーツーという無機質な音だけが耳に残る。

　教室の隅っこでうずくまる。

　わたし……、これから牙城くんと離れられる？

　もっとひどいことをされても、それでも……彼のとなりにいられるのかな。

　それに……、"あの人"って、誰のことなんだろう。

　悶々とした思考回路で、考えこむ。

　答えは出なくて、もやもやした気持ちのまま、彼を待っていると。

「……っ、百々ちゃん」

　突然、ドンドン、と激しく扉が揺らされた。

　……牙城くん、だ。

　必死な声。

　急いだのか、荒れた吐息。

　いつもの余裕な牙城くんじゃなくて、また涙を誘う。

「が、じょうくん……っ！」

　ごめんね、牙城くんって。

　強くないわたしのせいでこんなことにって言わないといけないのに。

　来てくれてありがとう、しか言えないよ。

　わたしの声に反応し、牙城くんはガチャガチャと扉を開けようと試みる。

　外からは取っ手があるし、開けられるはずだけれど、鍵は佐藤さんたちが持っているのか、なかなか開かない。

　牙城くんの荒々しさから、もどかしい思いを抱えているのが伝わってくる。

　でも、先生を呼ばないと、無理なのかも……。

　そう思った、瞬間。

「百々ちゃん閉じこめるとか、ほんっと……、いい度胸してるよなあ？」

　地を這うような低い声がして、ガァァンッと鈍い音とともに、扉がはずれた。

「と、扉っ……!!」

　涙が一瞬にして引っこんだ。

　牙城くんが壊したであろう、扉を呆然と見つめる。

　……学校のもの、壊したら大変なことになるのに。

　目を見開いて顔を青くしていると、牙城くんは、はーっと安堵したような呆れたようなため息をついた。

「いや、百々ちゃんちげえだろ。いまは、扉のことより百々

ちゃんへの心配が最優先」

「うっ……、でも」

　あたり前のように言う彼のまっすぐさに、言葉をつまらせる。

「悪いけど、俺、百々ちゃんのためならなんだってするから」

「……っ」

　嬉しい。

　……でも、だめだよ牙城くん。

　わたしのためでも、なんでも、悪いことは絶対しちゃいけない。

　牙城くんの噂が、少しでもいいものになればいいなって思ってるから。

　だから、自分を大切にして、わたしを守りすぎないでほしいの。

　牙城くんは、わたしの髪に触れながら、冷たい声でつぶやいた。

「……で、俺の百々ちゃん泣かした奴、どこのどいつ？」

　目が、据わっていた。

　佐藤さんたちが危ない、って直感的に思ってしまった。

　もちろん、ひどいことをされたのはわたしかもしれない。

　けれど、獣のような目をした彼は、なにをするかわからなかった。

　……牙城くんが、怖い。

　わたしには、絶対に殺気立たない彼が。

　ほかの誰もが恐れる、"牙城渚"がここにいる気がして、

言葉が出なかった。

「……わたしが、まちがえて鍵が壊れてる教室に入っちゃっただけだ、から」

「んなわけねえだろ。女子に連れられて旧校舎に行く百々ちゃん見たって奴に証言取ってんだよ」

　……それなら、わたしに言わせないでよ。

「これも、そいつらに殴られた？」

　メラメラと瞳は燃えているのに、わたしの頬にそっと触れる手は驚くほど優しかった。

　大きくて、温かい手。

　触れられるだけで牙城くんに抱きしめられたような安心感を覚え、再び涙を流す。

　……なんで、牙城くんはこんなにもわたしを甘やかしてくれるんだろう。

　ほかの誰を敵に回しても、わたしをなにがあっても守ろうとする牙城くん。

　少しでも、そんな彼を怖いと思った自分を許したくないと思った。

　わたしには、怒っている牙城くんは泣きそうな瞳をしているようにも見えた。

「痛かっ、た……っ、痛かったよ牙城くん……っ」

　弱音なんて、吐きたくなくて。

　わたしも、七々ちゃんのように強く生きたかったのに。

　わたしは、牙城くんがいないと、不安で不安で仕方がないの。

　いつも、弱い自分が嫌いだった。

　誰かに守られてばかりの自分がすごく嫌だった。

　だけど、牙城くんに守られるのは悪くない、そう思ったんだ。

「……うん、ごめん。百々ちゃんごめん」

　わたしの震える背中を撫でながら、牙城くんは聞き流しそうなほど小さな声で謝った。

　なんで牙城くんが謝るの、そう尋ねようと口を開いたけど、彼はわたしの肩に顔を押しつけて倒れこんできたから、やめた。

「……俺、百々ちゃんだけのために生きてるのに。百々ちゃん守れない自分が、死ぬほど嫌い」

「がじょ、くん……」

「……こうなったのも、俺のせいだよな。俺が、ちゃんと見張ってなかったから」

「…………」

「いちばん大切な女の子ひとり守れないとか、俺ほんっっと情けな……」

「牙城くんっ！」

　あの日、わたしとはじめて出逢った牙城くんは。

　いまのように、すごくすごく心がボロボロだった。

　自分を責めて、でも泣けなくて、どうしようもなく辛そうだった牙城くん。

　それでも、わたしの手を取って、前を向いてくれた。

　わたしのとなりにいてくれた。

　わたし、それだけですごく幸せだよ。

　十分だよ。

　わたしが突然大きな声を出したからか、牙城くんはビクッとして、わたしから距離を取ってぱちぱちと目を瞬かせた。

「……牙城くんは、情けなくなんかない。わたしがこうなったのも、牙城くんのせいじゃないよ」

　牙城くんは、自分に自信がなさすぎるの。

　だめだよ、きみは、とっても素敵な人なのに。

「牙城くんが、うんとたくさんの人に愛されてるから。それは、とても素敵なことなんだよ。それに、わたしは、牙城くんのためだったら、傷ついてもかまわない」

「百々ちゃ……」

「黙って、牙城くん」

　牙城くんを、強く制したのははじめてだ。

　いつだって、彼がわたしを導いてくれた。

　でもね、牙城くんが、じつは誰よりも弱いこと、繊細（せんさい）で優しい人だということは、わたししか知らないから。

　わたしは、牙城くんの道しるべになりたいの。

「わたしがここに来たのも、閉じこめられたのも、自分の意思だよ。こうなるってわかってたけど、牙城くんと離れたくなかったもん」

「…………」

「牙城くんが、わたしのために怒ってくれるのも嬉しい。だけど、これ以上、牙城くんが危ない人だって誤解される

のは、すごくすごく悲しいよ」

「…………」

「だから、牙城くん。これからもわたしのとなりにいてほしいな。離さないでほしい」

　あれ、なんだか告白みたい？

　いいや、……違う。

　だってわたし……、牙城くんのこと、好きじゃない……はず。

　まだ、ややこしい感情には知らないふりをさせてほしい。

　子どもみたいに、まっすぐに欲しがって、求めて。

　ただ、それだけでいい気がする。

　わたしの言葉を真剣に聞いていた牙城くんは。

　わたしが口を閉じたとたん、とんでもない勢いでわたしに飛びつき、痛いほど強く抱きしめた。

　怖い、危ない、恐ろしい。

　みんながそう思って近づかない牙城くんは、本当は誰よりも繊細で。

　わたしを……、いちばんだと言ってくれる、強くて弱い、不良さんだ。

「……百々ちゃん、俺、ほんと百々ちゃん好きすぎる。なあ、好き。ほんと好き。どうしようもないくらい好きだよ」

「……すっ!? う、っえ、あの……牙城くん？」

　牙城くんが……、わたしのこと、好き？

　好きって……、友情のライクじゃなくて恋愛の、ラブのほう？

　いままで可愛いとか好意を示すような言葉はたくさんも
らっていたけれど。

　好き、というストレートな表現ははじめてだった。

　キュンとすると同時に戸惑うわたしをお構いなしに、彼
はどんどん言葉を紡ぐ。

「百々ちゃんの、こういうところに……、一瞬で心を奪わ
れたんだよなあ」

　牙城くん、……鼻声だ。

　強く抱きしめてくる牙城くんに包まれながら、わたしも
彼の背中に腕を回した。

　不思議と、ドキドキという感情よりも、ふわっとした安
堵のような温かい気持ちでいっぱいだった。

「だから、誰にも渡さない。百々ちゃんは、俺が見つけた」

　自分に言い聞かせるように、彼は言う。

　ちょっと重いような、苦しいような、牙城くんの不器用
な愛。

　まだ答えは出せないけれど……、わたしも同じ気持ちに
なるのはそう遠くない未来な気がする。

　わたしだって、声を大にして言いたいよ。

　牙城くんはわたしが見つけた、って。

　みんなが知らない優しい牙城くんは、わたしだけのもの
だって。

　これが……、独占欲？

　こんなにも欲しがってしまうのは……、恋？

「まだ言いたくなかったけど。俺、これからは本気で百々

ちゃん落としに行くから。毎日好きって伝える」

「ええっ……それは」

「なに？　なんか文句ある？」

「は、恥ずかしいデス……」

「百々ちゃん好き」

「え、ううっ……やめてよ……」

　わたしのことからかって楽しんでるみたい。

　やめてよ、よくないよ牙城くん。

　牙城くんに言われる好きは、特別な感じがする。

　嬉しくて、ふわふわして、思わず笑顔がこぼれるような。

　きゅーっと胸が熱くなる、そんな感じなの。

「俺のカワイー百々ちゃんを傷つけた奴は、お仕置きしないとねえ……」

　にっこりと黒い笑みを浮かべた彼に、なんとか苦笑いでごまかす。

「そんなのしなくていいよ……？」

「あ？　無理だろ。だってさあ……」

　微笑む彼の、煌びやかに艶めく唇は弧を描いて。

「"牙城渚を怒らせたら殺される"って言うじゃん？」

　息をのむほど妖艶に、ひと言吐いたのだ。

　……あのね、牙城くん。

　それを本人が言うと、すごく信ぴょう性が高くなるのですが……。

おとしたい牙城くん

　素行不良の牙城くん。

　もとはとんでもなく治安が悪いと有名なロン高の生徒であり。

　絶えない悪い噂に包まれる、危険な人。

　だけど、なぜか、わたしのことが好きらしい。

「百々〜、合コン行かない？」

　とある日の放課後。

　校内の自動販売機で飲み物を買い、中庭で花葉とゆっくりしているとき。

　花葉の突拍子のなさに、飲んでいたミルクティーを思わずブッと吹き出した。

「わっ、百々大丈夫!?」

「う、うん、たぶん……だいじょ、ぶ」

　吹き出してしまったミルクティーは花葉にはかからなかったようで、ひとまず安心。

　スマホを置いて慌てて背中をさすってくれる花葉に感謝しつつも、先ほどの言葉が頭から離れない。

「ええっと、花葉……？　合コンって、なんで急に？」

　わたしの知ってる合コンで合っていれば……、男女が集まって仲良く、なる、アレ。

　花葉はいままでそういうのものにわたしを誘ってきたことはなかったし、これからもそうだと思っていた。

　そもそも、わたしにはそんな縁<ruby>えん</ruby>がなかっただけかもしれ
ないけれど。

　花葉はコミュ力が高くて、気さくだ。

　男女問わず友だちは多いし、大勢も得意なほうだと思う。

　でも、わたしはどちらかというとそういうのは苦手、な
んだけどなあ……。

　わたしの性格を知っているのになぜって考えてしまうけ
れど、理由を聞くと納得した。

「だってさあ、わたし、リアと別れたでしょ？　そんなと
きに、中学の男友だちに合コン誘ってもらってさ。リアし
か見えない一っていう状態から、新しい出会いもあるわけ
かって考えたのね」

「うん、わたしも……新しい恋はありだと思う」

「百々もそう思う!?　しかも、その合コンに、とってもタ
イプな人が来るんだ……！」

「そうなの？　どんな人？」

「えっとねえ、知的な感じがするんだけど、ちょっとチャ
ラそうにも見えてね……」

　お気に入りの人の特徴をわたしに教えてくれる花葉は、
とても笑顔で。

　リアくんと別れて元気のなかった彼女を知ってるだけ
に、すごく安心した。

　どうやら本当にタイプらしく、たくさん説明してくれる
花葉に申し訳なくも、途中で問い返す。

「えっと……、ちなみに、なんでわたしも？」

　もちろん、花葉が行くのはいい。

　新しい出会いは素敵だと思うし、花葉にも合ってる。

　けれど、問題はわたし。

　出会いを求めているわけでも、いますぐ彼氏が欲しいわけでもない。

　それに……。

『俺、これからは本気で百々ちゃん落としに行くから』

　あれから牙城くんのことが、気が気でなくなっているのですが……。

　確実に牙城くんに惹かれていると思う今日この頃。

　彼の本気はわたしには刺激が強すぎて、毎日心臓もたないし。

　嬉しい半面、ドキドキしすぎてしんどい気持ちもあるところ。

　それでも、やっぱり牙城くんのとなりにはいたいんだけどね……。

「いや、それがさ……」

　すると、突然、言いにくそうに花葉は顔をしかめた。

　わたしを呼ぶ理由が、あまりいいものではないようで。

　言いやすい雰囲気を作るよう、ゆっくりうなずいて彼女の言葉を待っていると。

「じつは、……相手の人たちみんな、ロン高なんだよね」

「ろ、ロン高……」

　偏見だけれど、その学校名を聞いた瞬間、顔が引きつってしまう。

　ロン高は、牙城くんがうちの高校に来る前にいた学校だから、苦手意識は人よりは薄いんだけれど。

　さすがに、合コンとなると、ロン高の生徒の中でもチャラい人が来るはずだから、いい印象がなくて。

「ひとりじゃ不安でさ……、百々がいてくれたら安心できるんだけど」

　ほかにも女の子はいるけれど、あまり仲良くはないんだって。

　なにかあったとき、百々なら頼れるって。

　そんなふうに言ってくれる親友を、放っておけるわけがない。

「わ、わかった……。一緒に行こう」

　覚悟を決めて、花葉にうなずく。

　すると、彼女はぱあっと花が咲（さ）いたように笑った。

　……可愛いなあ、花葉。

　こうなったら、ちゃんとこの子の恋を応援しないとね。

「ありがとう、百々！　このお礼はいつかするから！」

「いいよいいよ……！　わたしがついていきたいだけだから」

「んもう！　百々は優しすぎる！」

　このこの〜っとわたしの背中をポカポカ叩いてくる花葉に抱きつきながら、ふと思った。

　……牙城くんが、わたしが合コンに行くって知ったらどうなるんだろう。

　きっと……怒る、よね？

でも、牙城くんはロン高が好きみたいだし。

その生徒とも仲がよかったはず。

それなら、ちょっとだけなら……大丈夫だよね？

花葉のため。

親友のために行くだけだ。

牙城くんには、……内緒にしないと。

彼に隠しごとをする後ろめたさを感じつつも、嬉しそうに飛び跳ねる親友の姿を見ていると、それも少しだけやわらいだ。

牙城くんに……、どうか、バレませんように……。

「え、モモチャン？」

こうなることは、予想できたはずだ。

それなのに……、のこのことついてきたわたしがばかだったのかもしれない。

「し、椎名さん……？」

花葉に連れられてきた合コンの場。

カラオケルームの一室で、男女８人が賑やかに楽しんでいる。

メンバーは、ロン高の男の子４人と、わたしたち金城高校の女子４人。

男の子に関しては、椎名さん以外はみんなひとつ歳下らしい。

派手めな見た目だけれど、全員端正な顔立ちで、ほかのふたりの女の子がさっき『今日はアタリだね』ってささや

きあっているのが聞こえた。

　自己紹介を終え、花葉は狙いどおり意中のお相手……椎名さんにアタックしようとロックオンしたんだけれど。

　……頭を抱えたくなった。

　こんなところで……、牙城くんの知り合いに会ってしまうなんて。

「え、百々、椎名くんと知り合い!?」

　唖然と声をあげる花葉。

　驚くのも無理はない。

　気になる人、しかも【狼龍】の副総長と名高い彼が、わたしの名前を呼んだのだから。

　そこで、はたと思考を停止する。

　わたしたち、知り合い……なのかな。

　だって、わたし、椎名さんと会ったことはない。

　牙城くん繋（つな）がりで、ひと言ふた言、電話で会話しただけ。

　それなのに、わたしがあのときの女だってわかった椎名さんは、さすがだと思う。

「あー、なんていうかなあ。そっちの高校にナギくんいるっしょ？　牙城渚」

　花葉にいちから説明する椎名さん。

　面倒見はいいらしい。

「あ、います！　百々にベタベタくっつく迷惑極（きわ）まりない男！」

「あっは、花葉チャンけっこう言うねえ？」

「あ、いや、つい……」

　顔を赤くしてうつむく花葉に、椎名さんは笑ってる。

「いーよいーよ。花葉チャンおもしれーじゃん？」

　自分の族の総長を悪く言われても、気にしないようだ。

　寛大な心だって持っている。

　花葉はけっこうはっきり物を言うタイプだから、それを笑って受け入れてくれる椎名さんとは相性がいいように思える。

「ナギくんのお気に入りの女の子のことくらいは、俺は知ってるよって話」

「……えっ牙城くん、わたしのこと、なにか話しているんでしょうか？」

　聞き捨てならない。

　もしかしてもしかすると、【狼龍】の中で、わたしの存在は知れ渡ってたり……する？

　自意識過剰かもしれないけれど、おそるおそる尋ねたわたしに、椎名さんは違うとでも言うように、ヒラヒラと手を横に振った。

「俺、あのとききみのこと気になって独自に調べたんだよねえ。そしたらそれに気づいたナギくんが、すっげえキレて、大暴れ」

「お、おおあばれ……」

「そうそ。『俺の百々ちゃんに手ぇ出したら殺す』ってよ？怖い怖ーい」

「あはは……」

　な、なんて言うのが正解なんだろう……。

　自分で聞いておいて、いたたまれなくなってきた。

「ま、そっから、モモチャンのこと知った俺に恋愛相談持ちかけてくるわけ。都合いいよなあ、ナギくんほんと」

　呆れたようにつぶやく椎名さんだけど、その顔には牙城くんのことが大事な仲間でしょうがないって書いてある。

　お互い信頼しあって、ぶつかって。

　さすが、牙城くんのお友だちだなあ……って少し嬉しくなった。

　わたしと椎名さんの会話がいったん終わると、静かに聞いていた花葉が、椎名さんに控えめに問いかけた。

「ええと椎名くんは話からすると、【狼龍】の副総長さんということですか」

「ん？　まあ、ただのナギくんのサブだけどねえ」

「謙虚なところも素敵です！」

「俺、謙虚なんだ？　ナギくんにも言ってあげてよ、それ。俺、花葉チャン気に入ったしさ」

「っっまじですか!!」

「まじまじ〜。ナギくんに物申せる女なんて、モモチャンときみと……、だけだしねえ」

　不自然に言葉を切った椎名さんを不思議に思いつつも、苦笑いを浮かべる。

　三白眼に、白に近い金の髪。

　牙城くんは銀髪だから、鮮やかな髪色に目が慣れない。

　まわりを見ると、さすがに椎名さんは恐れ多いのか、女の子はみんなこちらをチラチラ見つつも話しかけてこなく

て。

　ほかの男の子も、何度かこちらを見ているけれど、なに
もアクションは起こしてこなかった。

「っつーかさ、モモチャン。ここに来ること、ナギくんに言っ
た？」

　わざとかわからないけれど、少し距離をつめてくる椎名
さん。

　ううっ……、それ、やっぱり聞かれるよね。

　小さな声で問われた言葉に、核心を突かれた気がしてな
にも答えられなかった。

「あーまあ、そうだよなあ？　くっそめんどいあのナギく
んが、大切な女の子をこんなとこに来させないよねえ？」

　言葉を発さないわたしに、椎名さんはふっと笑う。

　どうしたものか、椎名さんが味方なのかわからない。

　きっと敵ではないだろうけれど、この状況を楽しんでい
るように見える。

　牙城くんと話していたときのように鼻にかかった声と美
しい笑みが、妙に恍惚だと思った。

　ちなみに花葉は、……大人っぽい椎名さんを眺めてうっ
とりしている。

「いたかったらこのままいたらいいけどさあ。たぶん自分
の身のために、そろそろ帰ったほうがいい気がするよー？
俺は」

「えっ……」

「ナギくんが、暴れ狂う前にねえ？」

「…………」

　そう言われてしまうと、帰らざるを得ない。

　もとは花葉についてきただけだから、もう帰っても問題はないんだけれど。

　どうせなら、もっと椎名さんとお話したかったのも事実だったり。

　わたしの知らない牙城くんを知ってる貴重な人。

　でも、知らないのなら、牙城くんのことは牙城くん本人に聞くのがいちばんだ。

　それなら、と腰を上げて帰る支度をする。

「気をつけてねー？　あと、ほかの誰かに、なんか言われるかもしれないけど気にしないこと。オッケー？」

　……？

　どういうことかよくわからないけれど、とりあえずうなずいておいた。

「百々、ひとりで大丈夫？」

　心配そうな表情を浮かべる花葉。

　いつものように少し過保護だなあ、と心が温かくなりつつも、そっと彼女に耳打ちする。

「……椎名さんと仲良くね？」

「わ、わかってる……！　がんばる！」

　またもや顔を赤らめて照れる彼女に微笑みながら、みんなに声をかけ、カラオケルームから退散した。

　にしても、椎名さんはやっぱり謎に包まれた人だったなあ……。

　牙城くんのことを、よく知ってるという感じ。

　花葉とうまくいきますように……、と願いながら歩く。

　よし、ささっと帰っちゃおう。

　家に帰ってお菓子でも焼こうかな……。

　なんて、呑気に考えていた瞬間。

「あ、あの、朝倉さん！」

　後ろから知らない声に名前を呼ばれ、びっくりして振り向いた。

　見ると、そこにはわたしを追いかけてきたのか、先ほど同じところにいたふたりの男の子。

　ロン高らしく、派手な髪、着くずした制服姿のふたりだ。

　不思議と怖い雰囲気はなくて、身構えることなく話できる。

「えっ、と……、なんでしょう？」

　名前は、たしか……シオンくんと、レンくんだ。

　どちらも顔は整っているけれど、系統はぜんぜん違う。

　明るくて気さくなほうが、シオンくん。

　クールで物静かなほうが、レンくん。

　自己紹介のときに一方的に話したっきり、なにも会話をしなかったから、こうやって追いかけられたのが不思議で仕方ない。

「渚さんの、お知り合いですか？」

　ふたりは、わたしたちよりひとつ歳下だからか、牙城くんのことを“さん”付けしている。

　牙城くんはさすが、どこでも名が知れてるなあ……と感

心しつつ、レンくんの問いにこくんとうなずく。

「はい、仲いい……ですよ」

　それだけを聞きに来たわけではないらしい。

　もっと、踏みこんだことを尋ねたいのか、もどかしそうにシオンくんがレンくんを見ている。

　わたし、なにかしたっけ……？

　少し不安になりつつ、言葉を待つ。

　すると、レンくんは意を決したように、まっすぐわたしを見つめた。

「朝倉さんって……、誰かに似てるって言われないですか？」

「えっ、似てる……？」

　予想外の言葉に、首を傾げる。

　似てる、なんて言われたこと……あるかな。

　過去の記憶《きおく》を探ってみるけれど、なんにも思い出せない。

「それって、芸能人とかってこと……？」

　芸能人に似てる、なんて言われたことはたぶんない。

　……あ、でも。

　小さい頃から、似てる似てると、何度も言われた人はいることに気づいた。

　でも、その人と目の前にいるふたりとはまったく関係がない。

　ひとまず考えることはやめて尋ねると、ふたりはそろって首を横に振った。

　それから、レンくんとシオンくんは顔を向かいあわせて

なにやら小声で喧嘩しはじめた。

「ほら、レン。そんな回りくどい言い方しても、わかんないだろばか」

「……はあ？　じゃあ、おまえが聞けよ。シオン」

「は、無理無理！」

「俺も嫌だってば……」

「っ、しゃあねえなあ……」

　ふたりでコソコソなにを話しているんだろう……？

　待ってるほうの身としては、どうしていいかわからない。

　黙ってふたりを見つめることしかできなくて、手持ち無沙汰にカバンを肩にかけ直す。

『ほかの誰かに、なんか言われるかもしれないけど気にしないこと』

　椎名さんとの約束は……、守れる気がしなかった。

　口を開いたのは、さっきと違ってシオンくん。

　レンくんは、なぜか気まずそうに目を泳がせている。

「あの……朝倉さん、ナナさんとそっくりですよね」

　ナナ……？

「……七々ちゃん？」

　わたしがそうつぶやいたとたん、シオンくんは目を見開かせてオーバーなリアクションをする。

「っ、やっぱり知ってますか？」

「う、うん……。七々ちゃんは、わたしの双子のお姉ちゃんだから」

　小さいときも、いくつになっても、『七々と百々は似て

るね』って言われ続けていた。

　似すぎたおかげで、親戚からも何度もまちがえられた。

　でも、いまはあまりその言葉はかけられなくなった。

　七々ちゃんは髪をばっさり切り、カラコンを入れ、いくら顔がそっくりでも、雰囲気がまったく違くなったからだ。

「じゃあ……、あのことも知ってますよね？」

　ほっとしたように胸を撫で下ろすシオンくんの言葉に、眉をひそめる。

　あのこと……？

　それは、話の流れ的に七々ちゃんに関係すること？

　なんの話をしているのか見当がつかなくて無言になってしまう。

　シオンくんはそんなわたしを見ると、ピッと人さし指を立てて言った。

「ほら、あれですよ渚さんとナナさんが……」

　……牙城くんと、七々ちゃん？

　ごくり、と、シオンくんの言葉に耳を傾けたけれど。

「紫苑、廉」

　……彼の声で、その続きは遮られた。

　わたしたちの後ろに立っていたのは、……いまちょうど話題となっていた噂の牙城くんだ。

　いつも、牙城くんはいいタイミングで現れる。

　予測不能で、どうしたって逃げ場のないときに。

　牙城くんは、銀色の髪の毛をかきあげながら、わたしたちに一歩近づいた。

　その瞳にはわたしはうつっておらず、紫苑くんと廉くんにのみ視線が注がれていた。

「な、渚さんっ……！」

「渚さん……」

　牙城くん、紫苑くんと廉くんのこと……知ってるみたい。

　お互いを名前で呼んだところをみると、親しい間柄でもありそうだ。

　だけど、対等な関係でないのが垣間見える、決定的なところ。

　それは、紫苑くんと廉くんが、……牙城くんを畏怖の目で見ているところだ。

「……おい、百々ちゃんにそれ以上よけいなこと言ったらぶっ殺すよ」

　狂気、危険、怒気。

　いまの牙城くんを取り囲む空気は、どれも真っ黒だ。

「す、すみませんっ……」

「……申し訳ございませんでした、渚さん」

　震えるふたりを見ると、やはり彼は怒らせたら恐ろしい存在なのだと知る。

　最近、こんな牙城くんを頻繁に見ている気がするけれど、今日は……焦っているようにも感じられた。

「……牙城くん。ふたりを、怖がらせないで」

　お節介でも、でしゃばりでもなんでもいい。

　もしこの光景を誰かが見ていたら。

　また、牙城くんの悪い噂が増えてしまう。

　何度でも伝えたい。

　牙城くんはいい人だって。

　本当に素敵で、誰よりも温かい人だって。

　わたしが牙城くんに反発したことで、紫苑くんと廉くんは驚きの目で見てくる。

　そりゃあ、そうだ。

　あの怖くて有名な牙城くんに逆らうなんてもってのほかだと思うだろう。

　わたしの前では、ぜんぜん違う。

　本当に本当に、優しいよ。

「……、百々ちゃん」

　はあっとため息をつく牙城くんは、観念したように眉を下げた。

「それはズルいわ」

　ズルいのはいつだってきみのほうだ。

「な、渚さんが……っ」

「折れた……」

「「朝倉さんって……、何者？」」

　化け物を見るかのような目で、ふたりはわたしを見ておののいた。

　……え、わたし、怖がられてる？

　その震えように、今度はわたしが焦る番。

「えっ、あの、紫苑くんと廉くん……？　怯えてる……？」

　そろ、っと近づいて、歩みよろうとするけれど。

　一度怯えてしまったふたりは、わたしからあとずさるば

かり。

　……うっ、嫌われたみたいですごく悲しい……。

「ひいっ、渚さんに逆らえるなんて朝倉さんもしかしてやばい人ですか……っ！」

「じつは喧嘩めちゃくちゃ強いとか……」

「ぜ、ぜんぜんだよ!?　牙城くんに猫パンチだなんてからかわれてるくらいだし……！」

　あの恨みは忘れてないからね？　牙城くん！

　わたしのじとっとした視線を受けて、牙城くんは気まずそうに頬をかいた。

「だってほんとだし……」

　と、さらにばかにしてくる。

　再び道場に通おうかと本気で思いつつ、ふたりに目を向ける。

「……牙城くんは、本当はとっても優しくて温かくて。素敵な人だよ」

　わたしのまっすぐな瞳に、ふたりはうっと言葉をつまらせた。

　きっと、このふたりは【狼龍】のメンバーだ。

　牙城くんに仕えてるんだろうし、彼の素敵なところも知っているだろう。

　だけれど、厚かましいけれど対等に、同じ目線で彼と向きあえるひとりとして、わたしは言わせてほしかったんだ。

「まあ、俺の優しさは百々ちゃん限定だから」

「……っ牙城くん!?　よけいなひと言!!」

　牙城くんの本当の姿をみんなに知ってもらえれば、少しでもいい噂が増えるかな、と試みたこと。

　それなのに……、わたしの思いやりを返して！

　バシバシ牙城くんの背中を叩きながら刃向かう。

「ぜんぜん痛くねえよ？　猫パンチ百々ちゃん？」

「がじょーくん最低‼　もう関わらないもん！　どっか行って……！」

「え、無理無理。百々ちゃんに触れられないとか生きてる価値ない」

「それくらい耐えて……⁉」

「それに百々ちゃんに噛みついたりキスしたりできないのは俺の元気の源消える」

「ハレンチなこと言うのやめて……っ？」

　ほんっと、牙城くんは……！

　むうっと頬を膨らませて、拗ねたようにプイッと顔をそらした。

「……牙城くんなんか知らない！」

「え、待って百々ちゃん。ごめんって許して」

「ついてこないで……！　わたし、怒ってるのっ」

「まじごめん。俺、百々ちゃんに嫌われたら死んじゃう」

「う〜〜っ、死んじゃうのは困るから、アイス１個で……許す」

「うん、百々ちゃんほんと好き」

　わたしたちのかけあいを呆然として眺めていた紫苑くんと廉くんは、ふたりでこんな会話をしていたらしい。

「渚さん……、あんな顔するんだな」

「いや、ほんと笑顔……」

「朝倉さんって、すげえんだ。俺らの総長よりも強えんだもん」

「ふわふわしてるように見えるけど、芯があってしっかりしてるし」

「すっげえ可愛いし、しゃべり方とかもふわふわしてて好みなんだよなあ……」

「まあ、……わかるけど」

「……あのさ、廉」

「なに、紫苑」

「俺、朝倉さんに惚れそう」

「やめろ、渚さんに半殺しにされる」

　あーあ、とつぶやく紫苑くんが。

「渚さん、やっぱり俺らにとってはいちばん強くて怖くて危なくて。俺らには手の届かない、すっげえ輝いてる人なんだよなあ……」

　誰よりも牙城くんを敬愛していることは、大親友の廉くんしか知らないこと。

あまえたい牙城くん

「俺に内緒で合コン行ってた百々ちゃんには、なにをしてもらおうかなあ？」

　にこにこと笑っているその表情は……黒い。

　その奥底には「許すわけねえよ、あ？」と書いてある気がして、目が泳いでしまう。

　紫苑くんと廉くんとバイバイし、牙城くんとふたりで帰路についている途中。

　ふたりと別れたとたん、待ってましたとでも言うようにすぐにそう声をかけてきた牙城くん。

　もちろん……、目は笑ってない。

「ご、ごめんね……？　これは、あの、不可抗力と言いますか……」

「理由はなんでもいいんだけど、百々ちゃんが合コンに参加したというその事実が嫌なんだよね」

「ど、どうしようもないよ……」

　不機嫌に目を細める牙城くんに、なんとか機嫌を戻そうと考える。

　牙城くんが、いつもの調子になるには……どうすればいいんだろう。

　牙城くんの好きなものといえば、棒付きキャンディ。

　それ以外に思いつくものはなくて、自分の無知さにだんだんと悲しくなってくる。

　近くのコンビニで買って渡そうかな……なんて思いながら、話を続ける。

「花葉がね……？　椎名さんを好きになったみたいで」

「へえ？　あいつのどこがいいんだか」

「……牙城くん」

「あー嘘嘘。アイツ、イイヤツダヨネ」

「棒読みだってば……」

　本当に、牙城くんと椎名さんの仲はよくわからない。

　椎名さんのほうが、お兄さんって感じがする。

　歳は変わらないのに、包容力があるというか。

　牙城くんは、猪突猛進タイプだから、そのブレーキとなっているのが椎名さんという存在なのかもしれない。

　いまごろ、花葉は椎名さんとうまくいってるのだろうか。

　椎名さんは、……なんとなく手強そう。

　じつは彼女がいたりしそうだし、なんならたくさんの女の子をはべらせてそうだ。

　まさか、花葉をもてあそんだりしないよね……と不安になりつつ、ふと思い出す。

「牙城くん、なんでわたしがここにいるってわかったの？」

　いつもいいタイミングで現れる彼。

　わたしの居場所がテレパシーかなにかでわかっているのではと疑うほど。

　今回に至っては、紫苑くんと廉くんから気になる話を聞けそうだったのに。

　……牙城くんと七々ちゃんは、なにか関係があるの？

　考えれば考えるほど、混乱してくる。

　とりあえずいまは忘れようと思考を停止し、牙城くんを見つめた。

「あーー……、まあ、椎名から連絡来た」

「えっ、椎名さん？」

「そう、通話で『おまえのモモチャン危ねえかもよ？』とかほざいてた」

「ぜ、ぜんぜん危なくなかったんだけどなあ……」

　はて、と首を傾げると、牙城くんはそんなわたしを見て、呆れたようにため息をついた。

「どこがだよ。百々ちゃんあのままひとりで帰ってたら、どっかの誰かに食われてたから」

「ええ、まさか……」

　そんな危険がわたしを囲んでいるなんて、考えづらい。

　笑って否定しようと思えども、牙城くんはまったく冗談じゃないらしく。

「百々ちゃんさ、男はみんな危ねえって覚えておけよ」

「……牙城くんも？」

「そうだよ。俺もただの飢えた獣かも」

「けもの……」

　歩いていた足を止め、わたしのほうを見る牙城くん。

　わたしの髪をそっと耳にかけ、甘い空気がふたりを支配する。

　牙城くんは、背が高い。

　わたしよりも頭ひとつぶんは大きいせいで、距離が遠く

感じる。

　身長差がもどかしい。

　そっと頬に触れて、優しく撫でる牙城くんの大きな手。

　いつだって安心するその温かさ。

「俺さ、ふつうに百々ちゃんがほかの男に見られるの嫌だし、そんな奴ら二度と立てなくしてやりてえって本気で思ってる」

「……うん」

　だめだよ、牙城くん。

　わたし、牙城くん以外の男の人なんて興味ないから、そんなことしなくていい。

「百々ちゃんがなんでそんなに可愛いのかまじで意味わかんねえし、そのおかげで男の目を引くのもほんっと無理」

「かわ、……っ」

「いい加減、俺ばかり嫉妬してんの気づいて。……お願いだから、これ以上苦しくさせないで」

　とたんにわたしに倒れこみ、自分の頭をグリグリとわたしの肩に押しつける牙城くん。

　……嫉妬、苦しい。

　わたし、そんなに……愛されてるの？

　自意識過剰じゃない？　本当に？

　……嬉しい。

　人けのない道端がありがたかった。

　だって……、牙城くんをぎゅっと、抱きしめたいと思ってしまったから。

「うん、ごめんね……牙城くん」

「……や、百々ちゃんが謝る必要ない。俺が彼女でもない女の子にありえないくらい執着してるから」

「でも、……わたし、嬉しいよ。牙城くんに愛されて、すごく幸せ、……だもん」

「もー……、俺を甘やかしたらだめだって」

　辛そうに言葉を紡ぐ牙城くんはさらに言う。

「男の嫉妬はダサいよな」

　違うよ、違う。

　わたし、そんなこと思ってないよ。

「牙城くん……、あのね」

　まだ、答えは出せないけれど。

　彼は顔を上げ、わたしの瞳と彼の瞳が交差する。

　……わたしの本当の気持ち、伝えたい。

「牙城くんといると、たくさんドキドキ……する。近づくだけで心臓もたないって思うし……、好きって言われると、胸が……きゅーってするの」

「……ちょ、タンマ。待ってほんと、百々ちゃん可愛すぎて泣けてきた」

　わたしから距離を取ろうとする、少し顔が赤い牙城くん。

　彼のこんな姿、はじめてかもしれない。

　……逃げないで。

　ずいっと再び距離を縮めたわたしに、牙城くんはあきらかに動揺する。

「本当は繊細で優しい牙城くんのこと、……わたしが守り

たいって思う。誰よりも、となりにいたいって考えてる」

「…………」

「この気持ちが恋……、っていうのか、まだわからない。だから……答えが出るまで、待っててくれますか。牙城くん」

　じっとまっすぐに牙城くんを見た。

　彼の瞳はゆらりゆらりと揺れ、戸惑っているようだ。

「俺、期待してもいーの……？」

　みんなに知ってほしい。

　こんな牙城くんは、わたししか知らないって。

　……いいや、でも。

　わたしと牙城くんだけの秘密、というのもいいかもしれない。

「期待……、しても、いい、デス」

　なんだか恥ずかしくなって小さな声でつぶやくも、しっかり牙城くんの耳には届いていたらしく。

「なあ、いますぐキスしたい」

「はうっ……!?　ききキス……っ？」

　だ、か、ら……っ！

　この人は、何度言ったらわかるの!?

「むむむ無理っ！　ちょ、がじょーくんすとっぷ！」

「させて。俺、まじで我慢できない」

「ち、近ーい！」

　牙城くんは、困るわたしをお構いなしに、グイグイと顔を近づけてくる。

　綺麗な弧を描く彼の唇は色っぽくて。

　それを見たとたん、かあっと頬が熱くなって目をそらす。

「したい。おねがい百々ちゃん」

　きっとわたしが恥ずかしがってるのを見て、わざとやってる……！

　その証拠に、目が笑ってるっ！

「か、からかわないでよ……っ」

　こういうの、はじめてなの知ってるくせに。

　ほんとにほんとに、たちが悪い。

　甘い雰囲気のなか、心臓はバクバクとうるさくて。

　道端でなにやってるんだって、咎（とが）められてもおかしくないのに。

　こんなふうに甘く溶（と）けてしまいそうなのは……、ぜんぶ、牙城くんの魅力のせい。

「からかってねえよ。俺、本気」

　慣れたようにクイッと顎（あご）を持ちあげられ、強制的に目線を合わせられる。

　ううっ……、かっこいいよ、牙城くん。

　目が合うだけで、心臓が爆発しそう。

　こんな感情……、知らない。

　腰を支えられ、密着しすぎて、絶対わたしの顔が熱いのわかってる。

　それなのに、離そうとしないし、離れようともしない。

　いつだって一枚上手なのは牙城くんで、勝てた試しはまったくない。

　でも、こんなにもわたしを愛してくれるのは牙城くんし
かいないし、わたしもそれに応えたいって思ったの。

「百々ちゃんさー……、心臓の音、やばくね？」

　そんなことを言ってきたと思えば、くつくつと笑ってい
る牙城くん。

　わかってるなら知らないふりしてくれたらいいのに、な
んていじわるなんだ。

「う、る……さいっ！　がじょーくんのせいっ！」

「へえ、ただ近づいてるだけでこんなんなるとか、百々ちゃ
ん俺とキスなんてできねえな？」

「あ、う〜〜っ、……もう、絶対しない！」

「やあだ。俺、さっき言ったでしょ」

「ひゃっ……」

　グッと顔をまたもや近づけられ、鼻と鼻がぶつかる距離。

　わたしを見つめる牙城くんの瞳は、獲物を見つけた狼の
ようで。

　わたしはまんまと、手懐けた猛獣に捕らわれて、食べら
れてしまうのだ。

「我慢できないの、ごめんね？」

　こんなの、……絶対確信犯。

「んう、……っ」

　牙城くんの唇にわたしのそれが捕まり、甘いキスが降り
そそぐ。

　触れた唇が熱を帯びて、じんわりと溶けそうで。

　まだ、牙城くんの気持ちに答えを出せてないあいまいな

状態なのに。

　……期待させれば、獣は「待て」はできないという。

「百々ちゃん、可愛い」

「っん……ぁ」

「死ぬほど可愛いよ。監禁したいくらい」

「う、あ、やめっ……」

「はっ、キス、病みつきになりそーだね」

　余裕なのは、いつもきみだ。

　わたしは溺れ、暴かれ、どうしようもなくしがみつくことしかできなくて。

　このキスだって、意味なんてないはずなのに、すごく甘くてもっと欲しがって。

　さらに、おかしくなっていく。

「抵抗しないってことは、気持ちいーの？　それとも……、俺が怖い？」

　後者は、違う。

　だけど、艶っぽく自分の唇を舐める彼は、わたしなんか手が届かないほど、煌びやかで美しかった。

「百々ちゃんは俺のだってこと、頭だけでなくて体にも染みこませとかないとね」

　わたしは、牙城くんに囚われてから、牙城くんしか見えなくなった。

　ほかの男の人なんて知らないぶん、これがふつうなんだと思った。

　それでよかった。

　わたしがもし、牙城くんじゃない男の人と先に出会っていたら。

　彼から、彼の溺愛（できあい）から、逃げていたかもしれない。

「が、じょ、……くっ」

　休憩（きゅうけい）なんてなくて、何度も角度を変えて合わさるキスに、息が切れる。

　腰が抜けて自力で立てないわたしの腰には、牙城くんの腕が巻かれていて。

　ふ、ファーストキスなのに……、なんて刺激的で容赦（ようしゃ）がないんだろう……。

「なに？　もう無理？」

「うっ、無理〜〜……っ」

「そーかそーか。じゃあ、もういっかい」

「……っ!?」

　にやあっと口角を上げる牙城くんは、べ、と自らの舌を出す。

「可愛すぎて、やめらんねえの」

　ズルい、ズルいよ。

　そんなの、拒（こば）みたくても拒めないよ。

「はぁ……っ、がじょ、く……」

「ん、渚って呼んでみ？」

　激しいキスをしているくせに、なんでそんなに話せるのか不思議でたまらない。

　慣れていて、余裕で。

　わたしとまったく違う経験の差が、恥ずかしさと哀しさ

を倍増させる。

「な、ぎさ……っ」

「ん、……もっかい呼んで」

「渚っ……く、ん」

「も、俺、なんも悔いないくらい幸せかも」

　息がさらに続かなくなり、苦しさは限界を迎えて。

　なんとか残された力で彼の胸板を叩くと、やっと牙城くんは唇を離してくれた。

「苦しかった？　……だいじょーぶ？」

　牙城くんは、はあはあと息をするわたしの頭を撫で、ゆるく抱きしめてくれる。

　夕暮れの空の下、抱きしめあうわたしたちは、他人から見ればきっと恋人同士だろう。

　わたしは、このあいまいな気持ちを知りたい。

　牙城くんを、もっと満たしてあげたい。

　余裕な牙城くんを、壊してみたい。

「は、はじめてだから……、慣れてなくて、ごめんね……」

「え、……ファーストキス？」

　驚いたように目を見開いて聞いてくる牙城くんに、おずおずとうなずく。

　……やっぱり、引いちゃったかな。

「まじかー……」

　絞り出したようにそう言うと、牙城くんは目を閉じて天を仰いだ。

　もしかして……、はじめてだって知って、幻滅した？

　慣れてるであろう牙城くんからしたら、わたしなんて経験不足で満たされないよね……。

　じわっと涙が出てきて。

「……がじょーくん」

　そう、そっと声をかけたけれど。

「ちょっと待って。……俺が百々ちゃんのはじめてって聞いて、感動してる」

　え……、感動？

　予想外の言葉に、びっくりしてしまう。

「幻滅……、しないの？」

「は？　なんで？　死ぬほど好きな女の子に過去の男がいないって、俺、幸せすぎてどうにかなりそうなんだけど」

「そ、んなもんなの……？」

「わかってねえなあ、百々ちゃんさ」

　唇ににじんだリップを優しい手つきで拭ってくれながら、牙城くんは甘い顔で微笑むのだ。

「俺、ほかの男より、何億倍も嫉妬深いんだよ」

「なんおくばい……」

「こんな男に捕まって、百々ちゃんも大変だこと」

「それ……、自分で言いますか」

「まあ、誰にでもこうだったわけじゃないよ。こんなに誰かを愛してやまないのは、本当に、百々ちゃんだけ」

　わたし、だけ……。

　牙城くんには過去にいくつもの恋があったのかもしれない。

　だけれど、その中でもわたしがいちばんだと言ってくれる牙城くんを信じたいと思う。

「……がじょーくん、棒付きキャンディ買ってあげるね」

「んー？　急にどーしたの？」

「牙城くんの、喜んだ顔が……見たくなったの」

「あっは、百々ちゃんさ、俺のことキュン死にさせる気？」

「うっ……、えっと、死んでほしくはないなあ……」

「それ可愛すぎんじゃん」

　からかうようにそうわたしの頬を突く彼だけど、心の底では照れてるのを知ってる。

「俺も、百々ちゃんの笑顔のためにアイスをあげるから、これでウィンウィンだね」

「んもう……」

　牙城くんは、素敵な人。

　誰よりも美しく、麗しく、恐ろしく綺麗だ。

　だけど、わたしに見せる顔は……、少し幼くて無邪気（むじゃき）だったりするのだ。

「……あれ、七々、今日帰ってきた？」

　その日の夜。

　リビングで牙城くんとのメッセージのやり取りににやにやが止まらずにいると、疲れ果てた顔で帰ってきたお母さんが、そうわたしに尋ねてきた。

「ううん。わたしは見なかったけど」

「そうなの？　プリンがひとつ、なくなっているのよねえ」

わたしは6時過ぎに家に着いた。

それまでのことは、知らない。

「……それじゃあ、わたしが帰って来る前かも」

きっと、わざとわたしと会わないようにしたんだ。

小さく声を落とし、スマホの電源も落とし、ソファにぐだーっとくつろいだ。

わたしの心の声が聞こえたかのように、お母さんはあきらかに気を使いだす。

「そうねえ……、百々は今日帰ってくるの遅かったらしいしねえ……」

のんびりとそうお母さんはつぶやきながら、わたしが作った夜ご飯を口にする。

美味しい、美味しい、とにこにこするお母さんを見ると、七々ちゃんのことを考えてもやもやしていた気まずさもどこかへ消えていってしまう。

「ねえ、……お母さん」

「んー？　どうしたの？」

マイペースなお母さんは、眠いのか、夕食を食べながら目をとろんとさせている。

……最近、また激務だもんなあ。

看護師という仕事を誇りに思って毎日働きに出ているお母さんだけれど、疲労はそのぶんあるらしく。

シングルマザーということで、娘たちに内緒にして、規定以上に働いているのも本当は知っている。

こんなにがんばってくれているお母さんがそばにいるの

に……、七々ちゃんはなにをしているんだろう。

　……でも、わたしはまだ高校生。

　なにもできない。無力だ。

　……いつかわたしが、たくさん稼いでお母さんを楽にし
てあげるから。

　だから、いまはまだ、甘えさせてね。

「にしても、百々はお料理じょうずねえ」

　お母さんの何十回目かわからない褒め言葉を聞きなが
ら、ふう、とため息をついた。

「どうして……、七々ちゃんはどんどんわたしを置いてい
くんだろう」

　小さい頃は、なにをするにしても同じだったのに。

　弱くて負けばかりの双子のわたしを、ずっと守ってくれ
ていたのに。

　高校生になってから、まったく関わることがなくなった。

　家族なのに。姉妹なのに。

　まるで、他人になったかのように、わたしの知らない道
を行く。

　七々ちゃんは、いまとなっては本当にたまにしか帰って
こない。

　それ以外、どこで過ごしているのかわからない。

　わたしと顔を合わせると、とても気まずそうな顔をする。

　……それはきっと、わたしが嫌な表情を隠さないからだ
と思うけれど。

「百々は……、ほんとに七々が好きなのね」

　ふふっと微笑むお母さんは、夜、まったく帰ってこない娘がいるくせに、心配はあまりしない。

　だけれど、とっても七々ちゃんを愛しているのがわかるし、咎めないのも彼女を信頼しているからだろう。

　……家族が、変わり果ててしまったのが嫌だった。

　不変なものなんてないのに、わたしはなんてわがままなんだろう。

　お父さんがいて、七々ちゃんとも仲がよくて、夜は4人でお母さんの作ったご飯を食べる。

　それが、……わたしの幸せだったの。

「……違う。七々ちゃんなんて嫌い」

　あんなに好きだった頃が、いまは靄がかかってはっきり思い出せない。

　どこかでいま、わたしの知らない世界で七々ちゃんは誰かと笑っている。

　そう考えるだけで、どうしてか辛かった。

「お母さんは、七々も百々も、大事な娘よ？」

　わたしが七々ちゃんのことをよく言わなくても、このお母さんはまるで気にしない。

　まるで、わたしの本心じゃないとでも言うように。

　あまのじゃくね、とでも笑うように。

　……違う、のになあ。

　ううん、本当は違わないのかもしれない。

　ただ、わたしは。

　わたしから七々ちゃんがどんどん離れていくから、寂し

くて仕方ないんだと思う。

　いつしか、うつっているのが３人家族になった、額縁に
入れられた写真を見つめていると。

「圭さんも、なんだか最近、仕送りが多いのよねえ」

「……え、お父さんが？」

　夕食を食べ終え、おはしをそろえて置いたお母さんを見
つめる。

「そうそう。あの人、いろいろと事情があるのか、そうい
うのも黙ってやるし」

「ふうん……」

　お母さんと生活の不一致で離婚したお父さん。

　もう何年も会っていないし、いまどこでなにをしている
のか知らないけれど、毎月わたしたちやお母さんのために、
いくらか仕送りをしてくれている。

　ひとり身だろうし、自分の好きなことに使ったらいいの
に……。

　そう思うけれど、夜勤で無理して働いてくれているお母
さんをすぐそばで見ているぶん、お父さんにもそんなこと
言えなかった。

「また、４人で食事でもする？」

　にこ、と微笑むお母さん。

　まったく、なにを考えているのかわからない。

「……わたしはいいよ」

「ええっ、百々がいないと意味ないじゃない？」

「お母さんは休みの日はちゃんと休んで。……これ、約束

したでしょ」

「百々はお母さんっ子ねえ。うふふ、いくつになっても可愛いわあ」

「んもう……、食器洗うよ」

「ありがとうねえ」

　お母さんは、そう言いながらゆるっと微笑んだ。

　なにごとも楽観視するお母さん。

　わたしと七々ちゃんの仲が悪くなっても、なにも聞かないでくれた、そんな優しいお母さん。

「……七々ちゃんなんて……、ほんとに苦手だ」

　はあーっと息を吐きながら、小さな声でつぶやいた。

　窓から見える夜空は、わたしたちの仲を嘲笑うように曇天だった。

＊夜闇＊

ふしぜんな牙城くん

「いつ誰とどこに行くのか、絶対俺に伝えること。わかった？」

　……最近、牙城くんの過保護度が増した気がする。

「わかったけど……、牙城くん、お父さんみたい……」

　わたしには父親はいないけれど、いたらきっとこんな感じなんだろうな……なんて。

　あまりにも過保護すぎて、本当の親よりも心配性。

「父親より、百々ちゃんの彼氏にしてよ」

「う、あ、……それはですね」

　あたふたと慌てだすわたしの様子を見て、牙城くんは苦笑い。

「まあ、いいけどさ。連絡は必ずすること」

「はあーい……」

　増したのは、過保護度だけでなく、牙城くんのスマホを見る頻度もだ。

　いままでは、わたしといるときは、スマホをあまり見なかった。

　理由は、わたしといるときにスマホを見てる時間がもったいない……なんて、恥ずかしいものだった気がする。

　よく端末を見てるからといって、わたしが牙城くんを咎めるわけでもなく、なにかあったのかな？くらいにしか思わないんだけど。

　最近、彼がいつもと様子が違うのは……気のせいだと思いたい。

「ちょ、百々〜〜!!　聞いてー！」

　休み時間は牙城くんといる約束だ。

　毎回、花葉には頭を下げて謝っているんだけれど、彼女は笑って許してくれる。

　そんな花葉が、休み時間にわたしを呼びにきたということは……相当な重大事件が起こったということだ。

「花葉、どうしたの？」

　全速力でこちらに駆けてくる親友を受け止め、小さく首を傾げる。

　ちなみに牙城くんは思いっきり嫌な顔をして、わたしに構ってもらおうと髪を引っぱってくるものだから、わたしがバシッと背中を叩くとおとなしくなった。

　花葉は、興奮したまま、手に握りしめられているスマホの画面をわたしに見せた。

　そこには、椎名さんとのトーク画面。

　メッセージは頻繁にやり取りしているらしく、あれからうんと仲良くなったという。

　花葉【よければ日曜日、ふたりで出かけたり……しませんか？（；;）】

　美耶【ぜんぜんいいよー】

　花葉【っっ嬉しいです!!　椎名くん好きです!!】

　美耶【あは、花葉可愛い格好してきてね。楽しみにしてるー】

　花葉【もちろんです!!!!♡】

　……え、カップルですか？

「えっと花葉……、いちおう確認だけど、椎名さんとは付き合ってないんだよね……？」

「うん！　いまアタック中なんだあ……」

「このトーク、すごく恋人みたい……」

「ほんと!?　期待しちゃうよ……！」

　花葉は恋する乙女らしく、頬を赤らめて照れている。

　可愛いなあ……と思いながら、牙城くんのほうを見る。

「ねえ牙城くん……。椎名さんって……、チャラい？」

　スマホをいじるのをやめ、拗ねたようにわたしの髪をくるくると指で巻いて遊んでいる牙城くんに尋ねた。

　この様子だと、本当に椎名さんチャラ男説が浮上してしまうんだけど……。

　おそるおそる訊くわたしに、牙城くんはなんでもなさそうに答えてくれる。

「まあまあ遊んでるけど。そもそも椎名、面倒ごと嫌いだから女と連絡先なんて交換しないよ」

　ま、まあまあ遊んでるんだ……。

　だよね、そうだよね……、と思いながらも、最後の言葉が引っかかる。

　面倒ごとが嫌いで女の人と連絡先を交換しない椎名さんが、花葉とはトークしている……ってことは。

　とたんに元気を出したのは、花葉だ。

　嬉しそうに牙城くんの肩を掴み、揺らし、彼の首ががく

がくと揺れる。

「えっ、じゃあ、牙城渚的に、わたし脈アリ!?」

「……うざい。うるさい。俺、百々ちゃん以外の女と話したくない」

「……っ〜〜このお！　ムカつく！　おのれ許さんっ!!」

「それ、椎名にチクろうかな〜」

「牙城渚クン、申し訳ございませんデシタ」

「わかりやす」

　牙城くん……、花葉で遊ぶのやめてあげて？

　椎名さんは、思ったよりも誠実な人なのかもしれない。

　なんといっても有名な暴走族の副総長さまだけに、女の子関係はきちんとしているらしい。

　わたしたち一般人には、【狼龍】は謎に包まれている組織だけれど、非道な族ではないことは知っている。

　牙城くんと椎名さんがツートップだもの。

　悪い組織なわけがない。

　きっと牙城くんにそんなことを伝えれば、「甘ったるいよ」なんてばかにされるんだろうけど、わたしはそう信じているから問題ない。

　わたしもいつか、【狼龍】のみんなと仲良くできる日が来るといいなあ、なんて思いながら花葉の話を聞く。

「でもね、最近椎名くん忙しいらしくて、これから少し返信が遅くなるって言われたんだよね……」

「……そうなの？」

「うん。族関係でなんかあったらしいよ」

　花葉の言葉に反応し、牙城くんをちらっと見る。

　族関係ということは、牙城くんも関係しているよね？

　最近、様子がおかしいのは彼も同じだ。

　椎名さんもとなると、わたしの勘違いではないことがあきらかになる。

　わたしが追及の目を向けているのにも関わらず、牙城くんは知りませんとでもいうようにそっぽを向いている。

　……もう、そういうことは、まったく教えてくれないんだから。

「それがおさまったら、椎名くんとたくさん遊びに行きたいなあ……」

「応援してるよ、花葉」

「ほんと百々は頼りになる！」

「ぐうえっ……」

　わたしの後ろに抱きついている牙城くんプラス、わたしの前から飛びついてきた花葉。

　ふたりに挟まれ、サンドイッチ状態となったわたしは可愛くない声を漏らす。

「あれ、3人とも重なってどうしたの？」

　そこにやってきたのは、淡路くん。

　屋上でひと休みしようと来たのか、わたしたちがいることに驚く様子もなく、腰を下ろした。

　お昼休みでもないのにおしゃれなマカロンの入った箱を手に持ち、食べていて。

　そんな姿もさすがと言うべきか様になっている。

　たまたまパッケージに書いてある店名を見ると……、え、
「syugaga」？

　学校で「シュガガ」を食べるなんて贅沢な……、とうら
やましくなるけれど。

　ん……？

　このマカロン……、たしか、明日発売の新作だ。

　花葉とこの前、食べに行きたいねって話していたスイー
ツでもある。

　きっと今日はまだ、発売日ではないから売ってないはず
なんだけど……。

　思わず淡路くんの持つそれを凝視していると、それに
気づいた彼が苦笑いして言うのだ。

「言ってなかったっけ？　シュガガって、俺の親が経営し
てんだよね」

「……えええっ!?」

　き、聞いてないよ!?

　前も、そんなこと言ってくれなかった……。

　花葉を見ると、彼女も驚いていて開いた口がふさがって
いない。

「それじゃあ、この前牙城くんに予約を取ってくれていた
人って……」

「そうだよ。いちおう牙城にと思って予約入れてたんだけ
ど、きっと使わないだろうなって思ってたら、朝倉さんが
店内にいたからピーンと来たよ」

「そうとも知らず、ごめんなさい……」

「ううん。うちの店にいるお客さんが幸せそうな顔して出
ていくの見ると、嬉しいものだからさ」

　なんていい人なんだろう。

　こんな素敵な人の親御さんが経営してるんだから、そ
りゃあ、あんなに美味しいスイーツができるわけだよね。

　……またおじゃましたいなあ。

　彼の寛大さに感動していると、なにやら花葉は淡路くん
と話していて。

「……ねね、今度椎名くんとシュガガ行ってもいいかな？」

「椎名って……、美耶？　橘さん、美耶と仲いいの？」

「いやあ、いま絶賛アタック中でさ……」

「あいつなかなか手強いでしょ？　でもたぶん、橘さんな
ら大丈夫。そういうことなら、いい席取っておくからさ」

「淡路くん神さま!?　ありがとう！　いつかちゃんとお礼
するから」

「いいよ、いいよ。がんばってね」

　予約は何カ月待ち、そう簡単に席が取れず、大人気なス
イーツ専門店「シュガガ」。

　もしかしたらズルい手かもしれないけれど、こんなに喜
んでいる花葉を見たら、きっと誰も咎めない。

　その証拠に、淡路くんもやわらかい笑顔だ。

　花葉は感動したあげく、目をうるうるさせていて。

　すごく椎名さんが好きなんだなあ……。

　なんだかわたしも甘えたくなってきて、牙城くんに少し
だけ寄り添った。

「どーしたの、百々ちゃん？」

　なにやらメッセージのやり取りをしていたみたい。

　牙城くんは、近づいたわたしから遠ざけるように、瞬時にスマホをポケットに入れた。

　不自然な様子にならないよう、彼はわたしを後ろから包みこむ。

「やっぱ、百々ちゃんのこのサイズ感好きだわー」

「むっ、牙城くん、さてはチビって言ってる……？」

「ちげえよ。俺が守らなきゃなあ、って思うの」

「わ、わたしだって牙城くん守るもんっ」

「へえへえ。楽しみにしてる」

「またからかってる……」

　にこにこと微笑む牙城くん。

　彼から逃げだそうとするも、もちろん離してくれない。

　何度か牙城くんの腕から脱出しようと体をねじるも、がっちりホールドされて動けなかった。

　はたから見たら接近しすぎなのか、……気のせいかな、花葉と淡路くんの頬が引きつっている。

「……公共の場でイチャイチャするのやめてよ」

「や、ほんと目のやり場に困るわ」

　大まじめなふたりの言葉に、恥ずかしくて、ぼっと顔から火が出そう。

「ほ、ほら……っ、牙城くん離れよう？」

　近寄ったのはわたしのほうだけれど、恥ずかしさのあまり、牙城くんのせいにしてしまう。

　彼はそんなことはいっさい気にせず、もはや見せつけようとしている。

「好きな子とは1秒たりとも離れたくないんだよなあ」

「ううっ……、ふたりいるのにやめてよ……」

「え、ふたりきりだったらいいってこと？　百々ちゃん、大胆だね」

「がじょーくん〜〜……っ」

「あっは、ごめん。あまりにも可愛くていじめすぎた」

「……っ!?」

　真っ赤になっているであろうわたしの耳を、牙城くんはなんのためらいもなくかぷりと噛んだ。

　わたしをいじめてからかって。

　相当楽しいのか、とっても機嫌がいい。

　熱くて甘い牙城くんの噛みが、ジンジンと体中を侵食していく。

　真っ赤になってうつむくわたし。

　牙城くんに至っては、マイペースにあくびをしている。

　それでも。

「こんな百々ちゃんほかの奴に見られたくない」

　なんて言って、わたしの顔を自分のお腹に押しつけた。

　牙城くん、思ったとおり力強いんだ……。

　お腹だって、腹筋が割れているようで硬いもの。

　それにモデルさんみたいにすらっとしているのに、肩幅は広くて。

　欠点なんて見つからない、それが牙城くんだ。

　なんだか考えてることが……、変態みたいだ。

　牙城くんに心の中で謝りつつ、彼に身を委ねる。

「えー、その様子だと、牙城と朝倉さんって付き合ってんの？」

　わたしと牙城くんの様子を黙って見ていた淡路くんが、そうのんびりと声をあげた。

　やっぱり誤解を招くよね……、と、牙城くんに包まれながら思ってしまう。

　わたしたち、なんてあいまいな関係なんだろう。

　それもこれも、わたしがはっきりしないせいだ。

　これが恋だ、という決定的なものがないと、まだ自信がない。

　ドキドキするのが、すべて恋？

　じんわり胸が温かくなるのも、ぜんぶ恋？

　そんなの……、わからないよ。

　わからぬまま、牙城くんの気持ちに応えるのは逆に失礼だと思うし、そんなことはしたくない。

　牙城くんもわたしの考えを理解してくれているのか、あれからなにも言ってこないし。

　まさか淡路くんに追及されるとは思っていなかったけれど。

「んーん、俺の片想い」

「……牙城のカタオモイ？」

　わたしがなにかを言う前に、牙城くんは平然とそう口にする。

　カタオモイ、だなんて。

　合ってるようで、合ってない。

　否定したくてもできない状況なんだって思い知る。

　……きっと、言いづらいわたしに代わって、そう答えてくれたんだよね。

　牙城くん、やっぱり優しいや。

　出会ったときからなんにも変わらない。

　……また、胸がきゅーっとなる。

　ドキドキと高鳴る鼓動。

　触れるだけで熱い頰。

　もう少し近づきたい衝動。

　ぜんぶぜんぶ、牙城くんにしかない感情。

　牙城くんには、ほかの女の子を見てほしくないと思う。

　誰よりも、わたしを見ていてほしいと思う。

「ま、どっちにしろ、俺はあきらめるしか線はなさそうだなー」

「あ"？　なに。エミ、百々ちゃん狙ってたわけ？」

「え、知らないの？　牙城に内緒で朝倉さんと、あんなことやこんなこと……」

「わ、わあー!!」

　ちょっと、淡路くん!?

　あんなことやこんなことって、なに……!?

　わたしたち、健全な仲だよね……!?

　慌てて遮ったわたしに、牙城くんは口もとをヒクつかせて尋ねてくる。

「は？ 百々ちゃん、こいつとなんかあんの？ あ？」

「な、なななんにもないよ……!? さっきのは焦っただけで……」

　否定することでよけいに怪しくなるなんて、なんで考えなかったんだわたし……っ!

　牙城くんのお怒りをこうむらないよう、小さく身を縮こまらせる。

　花葉はもう、わたしたちの会話なんてどうでもいいらしく、椎名さんとのトーク画面をずっと眺めているし。

　淡路くんはしてやったりの表情をして、知らないふりをしているし。

　……牙城くんは、不機嫌極まりないし!

　あーもう……っ、牙城くんの機嫌を直す方法が見あたらない。

　前に考えた棒付きキャンディをあげる作戦は、いまはコンビニが近くにないのでできない。

　う〜〜っ、これしか、……ない？

「が、がががじょーくんっ!」

「お、出た。工事現場」

　い、じ、わ、る!!

「……っ!? 違う、牙城くんっ!」

「うん、なに？ 俺、怒ってんだけど」

　ふ、き、げ、んっ!!

「俺の機嫌、どーやって直してくれる？」

　期待していないような、からかった物言い。

牙城くんらしいけど、今回ばかりはムカッとした。

　……牙城くんをギャフンと言わせたい。

　わたしだって負けてないよって言いたい。

　……牙城くんに、ドキドキしてほしい。

　……ええいっ、百々、覚悟を決めなさいっ。

「え、ももちゃ……」

　グイッ、と、強引に牙城くんのネクタイを引っぱった。

　思ったよりも力が強かったらしく、牙城くんがわたしの上に覆いかぶさってきた。

　当の本人は、まったく状況を理解していないようで、目を見開かせて固まっている。

「きげん、……なおしてあげるっ」

　彼の唇に、自分の唇を重ねた。

　ほんの一瞬。

　恥ずかしいから、コンマ何秒しか触れあっていないけれど、牙城くんのペースを乱すには十分で。

「……死ぬ」

　とたんに後ろに倒れた牙城くん。

　少し赤くなった顔に腕をのせて天を仰いでいる。

「死んじゃったら、やだよ……？」

　上目遣いで見つめると、彼は唸ってしまう。

「あざといけど、もうやられてる。理性飛びそー……」

　淡路くんと花葉は空気を読んでくれたのか、屋上にはもういなかった。

　ふたりきり。

　甘い空気が、不意打ちのキスのせいで、作られてしまっている。

　それにしても。

　こんなに照れている牙城くん……、はじめてじゃない？

　ドクドクと鼓動はいつものようにうるさいけれど、それ以上に嬉しかった。

　もしかして……、わたし、牙城くんに勝てた？

「牙城くーん……」

　ちょん、と頬を突いてみる。

　調子にのるのは簡単で。

　にやにやとゆるむ頬を隠さないでいたら。

「……わわっ」

　今度は、目を見開くのはわたしの番。

　いつのまにか、美しい牙城くんに押し倒されていて。

　冷たい地面を背に感じながら、ふたりの間には甘い雰囲気が漂う。

　さっきまでの弱った牙城くんはおらず。

　……あれ、牙城くんの目、……据わってない？

「ナマイキな百々ちゃんも、……上等だよね？」

「んっ……待っ」

　噛みつくようなキス。

　甘くて痛くてもどかしくて。

　やめてほしい、理性はなけなしにあるのに拒めなくて。

「続けてほしいか、やめてほしいか。言ってみな」

　いじわるな彼に反抗したくても、できないの。

184

　少しだけやめてほしくて。
　息ができないから、お願いしたのに。
「ちょ、っ待ってほ……」
「むーり。俺のスイッチ入れたの、百々ちゃんな？」
「ゆ、許し……っ」
「ハイハイ、おとなしくしよーね」
　それから、失神するほど激しいキスをされ続けたのは、
言うまでもない。

ねらわれる牙城くん

「……きみが、朝倉百々ちゃん？」

　花葉がお母さんとお出かけをするということで、ひとりで帰路についていると。

　そう声をかけてきたのは……、知らない男の人。

　爽やかな雰囲気だな、というのははじめの印象。

　背はとても高くて、華奢だ。

　おそらくわたしよりも歳上で、人の目を引くようなオーラすらも感じられる。

　にこっと微笑んでわたしを見つめている瞳は、赤色だ。

　きっとカラコンだろうけれど、なんだか不気味な感じがして、少し怖かった。

　……話したこと、ないよね？

　どれだけ記憶を探っても、思い出せず、困ってしまう。

「えっと……、どちらさまでしょうか？」

　フルネームで呼んでくるあたり、ほぼほぼ確信を持って尋ねてきているに違いない。

　おそるおそる問い返すと、男の人は、目尻を下げて微笑んだ。

「僕ね、牙城クンの知り合い。知ってるでしょ？　牙城渚クン」

「えっ、牙城くんの……？」

「そうそう。族関係の顔見知り。って言っても、やばい奴じゃ

ないから安心して」

　ゾク……、つまり暴走族ということか。

　ということは……【狼龍】の人？

　それなら、わたしの名前を知っててもおかしくない。

　牙城くんはやっぱり名が知れてるなあ、と感動しつつ、ちょっとだけ緊張がゆるんだ。

「それで……、わたしになにか用でしょうか？」

　わざわざ、見知らぬわたしに声をかけてきた理由はなんなのだろう。

　牙城くんのこととなると、気になるわけで。

　ちなみに、名前は景野さんというらしい。

　【狼龍】のメンバーではないものの、牙城くんとはけっこう親しい仲らしい。

　謎に包まれた人だけれど、幸か不幸か不良さんには苦手意識はないもので、ふつうに話す。

「いやあ、それが……。きみの双子のお姉さん、ナナさんの話でね」

「七々ちゃん……？」

　最近、他人からよく聞く名前。

　七々ちゃんが、この世界にいるのは知っているけれど、なぜこんなにも名が知れ渡っているのだろう。

　それに、紫苑くんが言いかけた言葉がいまだに忘れられない。

『渚さんとナナさんが……』

　あれは、本当にどういう意味だったんだろう。

　七々ちゃんとは正直、いまは仲が悪いけれど、実の姉だ。

　彼女になにかあったのなら、お母さんがここにいない代わりに、義務的に聞かなければならない。

　反応を示したわたしに、景野さんは神妙にうなずいた。

「ナナさんが……、大ケガをして、いま手術中なんだ」

　……え？

　いま、なんて……？

「七々ちゃんが……大ケガ？」

　子どもの頃から病気にも喧嘩にも強くて、いつも弱っていたわたしを守ってくれた七々ちゃんが？

　危ないこと、したってこと？

　……入院するほどの、大ケガ？

　……そんなの、ありえない。

　何度も自覚しているけれど、わたしは、……七々ちゃんがすごく苦手だ。

　わたしよりも世界を知り、双子なのに、わたしを置いていく七々ちゃん。

　夜の世界に足を踏みいれた理由すら知らない。

　だから、わたしが心配する必要は……きっとない。

「ああ、……そうだ。きみは牙城クンの影響で知っているかもしれないが、【相楽】の仕業だ」

「さがら……」

　あの、牙城くんにはじめて狂気を見せられた土曜日に、わたしに話しかけてきた族の人たちのことだ。

　【狼龍】の最大の敵で、いつ大きな抗争が起こっても不

思議じゃない……。

　そうささやかれている、危ない暴走族。

　牙城くんの、敵。

　必然的に、わたしの中ではいいイメージはまったくない。

　そんな人たちに、七々ちゃんがやられたの？

　……大ケガって、大丈夫なの？

　黙りこくったまま動かないわたしを見て、景野さんは真剣な表情で、聞きたくもなかった事実を告げる。

「ナナさんは【狼龍】側の人間だから、人質にとられてやられたんだ」

　……なんて言った？

　七々ちゃんが、……【狼龍】だって？

　……待って。

　なんで、……なんで。

「七々ちゃんは、……【狼龍】、なんですか？」

　震える声で問うたわたしに、景野さんは不思議そうに首を傾げてうなずいた。

　あたり前のように。

　誰もが知っているかのように。

　なんで、わたしは知らないのかとでも言うように。

　……そんなの、嘘だ。

　そんなの、あんまりだ。

　誰も、そんなこと言ってなかった。

　牙城くんも、そんなそぶりを見せなかった。

　わたしと似ている七々ちゃんのこと、たくさん知ってい

たのに。

　なんで、ひと言も言ってくれなかったの……？

「ナナさんは強い人だけれど、さすがに【相楽】相手にひとりは難しかったんだろうね。喧嘩が終わってから、即、病院送り。いまは大きなケガのせいで、まだ目を覚ましていない」

　ペラペラと七々ちゃんの状況をしゃべりだす景野さんの話は、まったく耳に入ってこなかった。

　七々ちゃんが、【狼龍】の人間で。

　それなら、牙城くんがわたしと仲良くしている理由ってまさか……。

　もしかして、ふたりの間に、……なにかあった？

　紫苑くんの言葉が、フラッシュバックする。

『じゃあ……、あのことも知ってますよね？』

　あのこと、って、もしかして……。

「……おや？　双子のお姉さんが危ない状況なのに、心配じゃないのかい？」

　不可解な表情でわたしを見つめてくる景野さん。

　たしかに、わたしはおかしいと思う。

　七々ちゃんの容体よりも、もっと気になることがあるのだから。

　それほど、わたしたち双子は、仲が悪いのだから。

　そんなことより、信じられなかった。

　七々ちゃんが、これほどまでにわたしを苦しめるなんて。

　牙城くんは……、わたしを本当は愛していないんだと

思った。

　あんなに甘やかして、溶かして、優しくして。

　きみは、本当にズルすぎる。

　……七々ちゃんが、どうなろうったって、どうでもいい。

　すっかり黙りこくったわたしに、景野さんはイラついたように声を少し大きくした。

「牙城クンも、病院に来るから早く行こう」

「牙城くんも……？　な、なんでですか……？」

　ほら、百々。

　よけいなこと、聞かなくていいのに。

　自ら傷つきに行かなくていいのに。

　だって。

　わたしとそっくりな顔をしている七々ちゃんが。

「なんでって……、【狼龍】の元姫だからだよ。ナナさんは」

　牙城くんと深い関係だったなんて……、信じたくなかったからだ。

やみいろの牙城くん【渚side】

「そろそろ、【相楽】が動きだす頃だよな」

　ふう、と小さくため息をついたエミに、またその話か、と舌打ちをする。

　族の話をするときは、必ず通らなければならない話題。

　どうやら、いまかいまかと【相楽】が【狼龍】をつぶそうと息巻いているって話。

「やたらと最近、朝倉さんのまわりに【相楽】がうろついてんのも、牙城はわかってんだろ？」

「……あたり前だろ」

　エミの言葉に、今度はこっちがため息をついた。

　俺の唯一の弱点である百々ちゃんを使おうと、【相楽】が彼女を狙っているのは情報が入っている。

　どこまでも非道で、最悪な集団。

　なんなら、さっさとひねりつぶしてやりたい暴走族。

　そのおかげで、またもや百々ちゃんを縛りつける羽目になったし。

　過保護度が増した、なんて彼女は言っていたけれど、もはやこれ、ただのうっぜえ父親だろ。

　まじで、これ以上、百々ちゃんに嫌われたらどうしてくれんだよ。

　百々ちゃんが天然で助かった。

　俺の重すぎる愛をきっとふつうだと思っているし、あま

り嫌がるそぶりもない。

　だから、縛りが強くなっても不思議に思わず従ってくれている。

　ぜんぶ、百々ちゃんを守りたいからやってることなんだけど。

　ポケットから棒付きキャンディを取り出し、口に含む。

　今日は、みかん味。

　なんとなく、すっぱい味がした。

「てか、帰り道も一緒じゃなくて大丈夫なわけ？　おまえがいなかったら、【相楽】なら朝倉さんに接触するだろうし」

「帰りは、橘って奴と一緒らしいし、無理強いはしてない」

　百々ちゃんと仲いい、花葉とかいう女。

　あまりにも百々ちゃんと親友の仲を引きさいてしまうと、俺がさすがにいたたまれないので、そこらへんは野放しにしている。

　百々ちゃんが悲しむ顔だけは、見たくないから。

　たぶん、百々ちゃんは知らない人についていくような人間じゃないし、なにかあったら連絡くれるだろう。

　しかも、あまり頼りにならないけど、合気道やってたらしいし。

　そう思ってる俺は、……甘い？

「まあ、牙城がそれでいいなら、いいけどさ。総長直々に近づいてくる線もなくはないんだから」

　あー……、あいつな。

　ぼやんと思い浮かんだのは、うさんくさい笑みを浮かべ

る黒髪の男。

　俺を敵対視しているらしく、なにかと喧嘩をふっかけて
くる粘着質な奴。

　あいつに捕まったら、くっそ面倒だ。

「……なんか心配になってきたし、明日から俺が送り迎え
するわ」

「おうよ。橘さんも美耶と仲いいならそのへんの事情もわ
かるだろ」

　……どうだかね。

　恋すると、盲目って言うし。

　百々ちゃんにずっと恋してる俺が言えないなって、自分
でちょっと笑いそうになった。

「メッセージくらい、入れとこ」

　百々ちゃんは、わりと返信が早いほうだ。

　メッセージのやり取りはあまりしたことないけれど、律
儀なのかすぐに返ってくる。

【帰ったら、連絡ちょーだい】

　もうそろそろ家に着いているだろうし、もしかしたら即
レスもあるかも。

　そんなことを考えながら、椎名に電話をかける。

　ワンコールで出た椎名に、通話開始早々、悪態をつく。

「……このスマホ依存症が」

　今日に限っては助かったけど、出るの早すぎだろ。

　もちろん、椎名はそんなこと気にもとめず、会話をはじ
めた。

『よお、ナギくん。ちゃんと学校行ってるー?』

「百々ちゃんに会うために行ってる」

『わあ、下心すげえのな』

　ケラケラ笑う椎名にイラつきを覚えながら、返答する。

「そんなんよりさ、【相楽】のこと。なんか情報入ってねえ?」

　総長のくせに、族のことにふだんは首を突っこまない俺の言葉に、椎名は笑いを含んで言う。

『お久しぶりの総長サマには申し訳ないけど……、もうオオゴトになってるよって話、聞く?』

　……はあ?

「どういう意味?　さっさと教えて」

『まったくさ、ナギくんは人使いが荒いんだから』

　そう言う椎名も、なにやらいつもの調子でない。

　心は焦っているのか、どうにか平常心を保とうというふうにも思える。

　……いや、俺を動揺させないため、か。

　【狼龍】に、なにかあった?

　誰かがやられた?

　……いや、違うな。

「……百々ちゃんになんかあったのか」

　冷静に問いただしたつもりだけれど、エミは俺の顔を見て、一瞬で黙りこくった。

　椎名はキレた俺に慣れているのか、いつもどおりの会話を続ける。

『【相楽】の総長が、モモチャンに接触したらしい』

「……っ、あいつ」

　あの、うさんくさい男……。

『……そーだね、景野だよ』

　景野祥華。

　【相楽】を率いる、人間味のない非道な男。

　本気で、許さねえ。

　俺の百々ちゃんに近づくとか、いい度胸してんなあ。

　見つけたら、……殺してやる。

　ギリギリと拳を握りしめているおかげで、爪が食いこみ、手のひらが血だらけになっている。

　エミがそれに気づいてハンカチを当ててくるけれど、それをぱっと振りはらった。

『……ナギくん、落ち着け』

　椎名の言葉に、深呼吸を繰り返す。

　だめだ。

　百々ちゃんのことになると、必死になって頭が回らなくなる。

　こんなんじゃ、守れない。

　……俺を救ってくれた百々ちゃんを、守ってやれない。

　熱が冷め、心が少し落ち着いた。

　はあ、と深いため息をつくと、俺を待っていた椎名に強い語気で問いただす。

「……【相楽】は、つうか景野は、【狼龍】をつぶしに来たのか」

『たぶんね。あの頃、ナナに一度やられたのも気に食わね

えんだろ』
「……そんなん知ったこっちゃねえわ」
　あいつは、たしかに大事な仲間だった。

『ナギ、これからはわたしがいるよ』

　ナナはそう言って俺を救ってくれた人だった。
　でも、いまの俺にはそれ以上に守りたい人がいる。
『私情を挟むな。おまえの大切なモモチャンだけでなく、
俺ら【狼龍】の未来もかかってんだよ。そこはわかれよ、
総長サマ？』
　俺は、正直、百々ちゃんがいればそれでいいと思った。
　けれど、こんなふうにたくさんの情報が入り、即座に百々
ちゃんになにかあれば伝達されるようになっているのは、
仲間のおかげだと知った。
　総長なんて、ばからしかった。
　すぐにやめたいと本気で思っていた。
　俺なんかが務まらない、そう思っていた。
　……だけど、いまは違う。
「……おい、そっちに紫苑と廉いる？」
『ん？　そのふたりなら、すぐそこにいるけど』
　代わるよ、そう言った椎名のあとに、おそるおそる聞こ
えてきたふたつの声。
『な、渚さんが俺らをお呼びに……!?』
『き、聞きまちがいじゃないですか、美耶さん』

『ええ、ちげえよ？　いまね、あいつ大事な大事なモモチャン誘拐（ゆうかい）されて、……やっぱいくらいキレてんだよねえ』

　……ぜんぶ、聞こえてるっつーの。

　椎名の言葉は、本当。

　俺、いままででいちばん、許せないって思う。

　なによりも……、百々ちゃんを泣かせた奴は。

　どんな奴でも、消してやる。

『ど、どうされましたか渚さん……っ！』

『俺らになにかできるのですか……？』

　情けないほど震えているふたりの声。

　それを聞くと、少し、緊張と不安がやわらいだ気がした。

「紫苑、廉」

『『はいっ、渚さん！』』

　俺、椎名に一度聞いたことあるんだよね。

　このふたりは、【狼龍】の下っ端（ぱ）だけれど、いちばん俺のことを慕（した）ってくれているって。

　こんな俺を、必要としてくれている人がいるなら。

　俺も、なにかを返さなければならない。

「俺の愛する女の子と、大事な仲間のために……ちょっと手伝ってくんない？」

　待ってろよ、百々ちゃん。

　ほかの男なんかに指一本触れさせねえよ。

　だから、早く俺を好きになって。

　それだけで、俺、幸せだから。

とまらない牙城くん

　黒いセダンの中。

　わたしはというと、脚と腕はロープでぐるぐる巻きにされ、下手に動くと危険な状態に瀕している。

　こんなことになるとは、予想だにしていなかった……。

　いや、どこかでわかっていたのかもしれない。

　七々ちゃんがいるという病院へ向かうと言われ、乗りこもうとしたところで、景野さんに笑われた。

『牙城クンの女って、こんなチョロいんだ？』

　え？という隙もなく。

　抵抗すらさせてもらえぬまま、セダンから出てきた男の人ふたりに羽交いじめにされ、乗せられて、さらには縛られた。

　唖然としたまま景野さんを見ると、呑気に煙草をふかしていて。

　……わたし、もしかしてだまされた？

「はじめて誘拐しちゃった」

　と愉快に嗤う彼に、はじめて恐怖を覚えたのだ。

「にしても、ほんとナナと似てるわけだ」

　反発しないわたしの横に座り、顔をのぞきこんできた。

　赤い目に捉われ、喉をごくりと鳴らす。

　……この人の、思いどおりにはならない。

　キッと睨みつけるわたしの顔に、景野さんは煙草の煙を

吐いた。

「うっ、げほっ……」

「顔は見まちがえるほどそっくりなのに、ナナと違って弱えんだろ？　おとなしくしてろ。牙城クンの女？」

わたしをばかにしたように嘲笑う景野さん。

ピカピカに磨かれている靴をガツッと蹴りたい衝動にかられたけれど、こんな狭いところでなにをされるかわからなかったから、……我慢した。

この人……、七々ちゃんの話ばかりする。

恨みがあるのか、なんなのか。

そんなに気になるなら、本人に接触すればいいのに。

やはり、七々ちゃんが大ケガしたというのは真っ赤な嘘らしい。

さっき景野さんが電話で、七々ちゃんと牙城くんを探すように命令していたのが聞こえた。

……わたしを、人質に。

牙城くんなら、もしかすると、もしかしなくとも飛んでくるかもしれない。

いまごろ、怒りで大変なことになっているかもしれない。

けれど、……七々ちゃんはどうだろう。

疎遠になっている、双子の妹を助けにくる？

……七々ちゃんを嫌っているわたしを、守りにきてくれる？

そんな確信はなかった。

絶対七々ちゃんは来ないと思う。

というか、正直……いま会うのは辛かった。

ちなみに景野さんの正体は、【狼龍】のメンバーではなく、【相楽】の総長だった。

セダンを乗り回して運転手まで雇っているところを見る限り、相当なお坊ちゃんだと考えられる。

華奢な体躯は牙城くん同様、力がなさそうなのに、わたしを縛るために押さえつけていた手はすごく強くて、痛かった。

いまは、先ほどのやわらかな表情とは打って変わって、にやりと奇妙な笑みを浮かべている。

……ふたりを呼ぶ。

それで、【狼龍】に勝とうとしているんだろう。

魂胆が見え見えだ。

一般人の人質をとることしか、【狼龍】に勝てないんだ。

憤りのあまり、……そんなことを考えてしまう。

また、思い浮かぶのは牙城くんの姿。

……牙城くん、いまごろ、勝手に誘拐されたわたしに怒っているよね。

よけいな手間かけさせるなって思うかもしれない。

わたしは……、牙城くんしかいないのに。

牙城くんのどんな過去でも受け入れると誓ったのに。

七々ちゃんが、【狼龍】の元姫であるということは、総長の牙城くんと親しい関係だったことはあきらかだ。

姫、という立ち位置は、族でいちばん大切な存在だもの。

さらにふたりが恋人関係であったわけではないと、彼は

わたしに説明したけれど。

　きっと、牙城くんは七々ちゃんとなにかがあった。

　それで、そんなときに七々ちゃんそっくりなわたしと出会った。

　だけど、わたしに七々ちゃんの話をまったくしなかった。

　わたしは、もしかすると牙城くんにとって七々ちゃんの代わりだったのかもしれない。

　思いこみはよくないってわかってるつもり。

　でもね、知らないことだらけで不安だよ……。

　どうして、彼はわたしになにも伝えてくれなかったんだろう。

　……言えないなにかがあったとしか思えない。

　涙がぽろっと滴となって落ちる。

　牙城くんを信じたい。

　その意志に反して涙は止まってくれない。

「あのさ、モモちゃんってワケアリ？　ナナが【狼龍】の元姫だったことも知らなかったみたいだし」

「…………」

　わたしが急に泣きだしたからか、不審な視線を向けてくる景野さん。

　もうなにも知りたくない。

　牙城くんや七々ちゃん。

　……そんなことはいま考えられなかった。

　ただ単純に、こんなときでも牙城くんと同じように、モモちゃん、と呼ばれるのが嫌だと思った。

202

「シカトね。なんか見てて可哀想だよな、きみ」

「う、……るさい」

「おーおー、さすが牙城クンの女。気は強えのな」

　そもそも、わたしは牙城くんの彼女じゃない。

　牙城くんを 陥 れるためにわたしを使おうとしているみ
たいだけれど、わたしはそんな立場じゃないんだ。

　牙城くんの愛に、浸かりすぎてた。

　真実に、気づけなかった。

「モモちゃんって、あれか。……ナナに劣等感抱いてるん
だろう」

　……劣等感？

「ナナ、ほんとなんでも持ってるんだもんな。喧嘩は強いし、
仲間想いだし、心の温かさや人望だけでなく、綺麗な容姿
まで兼ね備えている」

「…………」

「まあ、その綺麗な顔は、モモちゃんもだけどね」

　クスクスと嗤う景野さんは、悪意だらけの人間だ。

　わたしの傷を、深く深くえぐってくる。

　七々ちゃんは、わたしの憧れだ。

　それを、劣等感という言葉で置き換えてほしくなかった。

　わたしを、牙城くんの温もりから誘い出すために。

　こんな人の言うこと、信じちゃだめ。

　心の奥底ではわかっているのに。

　七々ちゃんと牙城くんのことになると……、どうしても
平常心でいられなくなる。

「だけどなあ。そんな完璧女のナナにも、ひとつだけ、恵まれなかったものがあるらしい」

　恵まれなかった、もの。

　耳が続きの言葉を欲しがるくせに、脳は危険信号を鳴らしていて。

　残る理性が後者を信じようとするのに、縛られているせいで耳をふさぐことができなくて。

　とたん、ぐわん、ぐわんと。

　最初は頭痛かと思いこんでいたものが、だんだんひどいめまいだと気づいた。

「おや、もう睡眠薬が効いてきた？　早い気もするけど、……まあいいか」

「す、いみんや、く……？」

「噛みつくお嬢さんは、とりあえず休ませておこうということでね。次に目を覚ましたときには、きみの大嫌いな、いや、大好きなふたりが待ってるかもね？」

　いつ、そんなもの飲ませたの……？

　眠くないのに、まぶたが落ちていく。

　待って。

　……まだ、聞けていないの。

「な、なちゃんは……っ」

　揺れる視界が真っ暗になる前に。

　なんとか絞り出した声に反応した景野さんは。

「ああ……、ナナのこと、知りたい？」

　ゆらり、ゆらりと。

204

　わたしの曲がった視界の中で、ひとり、悪魔のように笑って言ったのだ。

「ナナの恵まれなかったところは……、自分の命よりも大切な妹に、嫌われてしまった不器用さ、かな？」

　そこで、わたしの記憶は途切れた。

『ねーねー、七々ちゃーん』

『んー？　百々どーしたの？』

　おかあさんとおとうさんは、いつも言うの。

　わたしたちふたりがならんでると、お人形さんみたいだって。

　可愛いお人形さんがふたりもいるから、おかあさんたち幸せだよーって言ってくれるの。

『これ、……たんじょーびぷれぜんとっ』

『……えっ、でも、……百々もたんじょうびだよ？』

『いいのいいのっ、あげる！』

　後ろからデデーン、と出した大きな箱。

　2週間前から、ずっと七々ちゃんのために作ってたもの。

　中身は……、七々ちゃんが開けるまでのお楽しみ。

　───きょうは、7さいの誕生日。

　七々ちゃんも、わたしと同じようにケーキのかぶりものをのせられて、にこーってしてる。

　テーブルの上には、ふたつのまあるいケーキ。

　おとうさんが、毎年買ってきてくれる。

　わたしのお友だちにも、双子がいる。

　その子たちは、毎年ケーキはひとつだって文句を言って
いた。

　なんでわたしたちはふたつなの？って聞いたことがある
けれど。

　そのとき、おかあさんは笑って言ったんだ。

『双子だっていっても、あなたたちは"ふたり"なんだから。
おかあさんもおとうさんも、ふたりぶんのお祝いをしたい
からねえ』

　わたしたちのおかあさんは、いつもほわほわしてる。

　ねえ、が語尾なのは、おかあさんのくせらしい。

　ほかの子のおかあさんよりも、うんと優しいのは最近気
づいた。

　めったに怒らないし、声だって大きくしない。

　いつだってにこにこしているし、わたしと七々ちゃんは、
そんなおかあさんが大好きだ。

『百々ー、あけるねー？　なにが出るかな～』

　わくわくとした表情で、七々ちゃんは、わたしがあげた
箱をパカッと開いた。

　おとうさんは、そんな様子を、ビデオで撮っている。

　意気揚々と箱の中を見た七々ちゃんは、とたんに声を沈
ませて。

『……っええ、なんにもないよ？　百々』

　いっきに顔を暗くした七々ちゃん。

　そう、中身はからっぽ。

　……に、見せかけただけなんだけどね。

　気まずい空気が流れたおかげで、おとうさんも、心配そうにわたしたちを見ている。

　……えへへ。

　さくせんどおりだ……っ！

『七々ちゃんっ、ちゃあんと中見て……？』

『えー？』

　どういうこと？と首を傾げながら、七々ちゃんは箱の中をのぞきこむ。

　すると、七々ちゃんったら、一瞬にしてぱあっと顔を輝かせた。

『もういっこ、箱があるよ……っ』

『えへへ、うん。そうやって何個もくりかえして、出してみて』

　おかあさんに教えてもらった、まとりょーしか？というもの。

　箱の中に箱。

　そのまた箱の中に箱。

　それをいくらかくりかえしたら……。

　せっせと箱を出し、また出し、それをくりかえしを何度かやっていた七々ちゃん。

　自分たちの顔よりも大きかった箱から、手の大きさくらいまで小さくなった箱を開けると……。

『おてがみ……？』

　文字をかくのはにがてだけど、七々ちゃんのためにがんばったの。

　毎日、おかあさんにおしえてもらって、長い文章もひら
がなばかりだけどかけるようになったの。
　七々ちゃんはそれを知っているからか、なみだが少しだ
け、うかんでいる。
　おかあさんたちに聞こえるのははずかしいから、七々
ちゃんにだけ伝えるために、とっても小さい声でその手紙
を読んだ。

　だいすきな、ななちゃんへ。
　いつも、いじわるばかりのたけるくんや、つよしくんか
らまもってくれてありがとう。
　ななちゃんのことは、いつかわたしがまもるからね。
　ななちゃんみたいに、わたし、つよくなれるかな。
　あいきどう、も、ならったのにやっぱりにがてだなあ。
　ななちゃんは、わたしのあこがれ。
　かっこよくて、やさしくて、しっかりしてるの。
　おたんじょーびも、おめでとうね。
　もう、ななさいだよ。
　ちゅうがくせーや、こうこうせーになっても、もものこ
と、だいすきでいてね。
　わたしがつよくなるまで、ななちゃんを、まもってくれ
るひとができますよーに。
　もも

『……ううん、百々のほうが、わたしのあこがれだよ』

ずびっと鼻水をすすっている七々ちゃん。

読みおえる前から、泣いている。

なんで泣いてるのって聞いたら、七々ちゃんは『なんでもないっ』て首を横に振って笑って言うんだ。

『百々は、じまんの、ふたごだよ……！』

ぎゅうっと、強く抱きしめてくる七々ちゃん。

『いたいよ』って言えば、あははっと楽しそうに笑っていた。

『わたし、もっと百々のことまもれるように、すーーっごく強くなってみせるっ！』

『わ、わたしが七々ちゃんをまもるもん……っ』

『ううん、こんなに可愛い妹を、泣かせる奴がいたら～～ぼこぼこの刑だっ』

『ぼ、ぼこぼこ……』

こ、こわいよ七々ちゃん……？

あはは……と苦笑いを浮かべるしかできないわたしと、元気な七々ちゃんの前に、おとうさんはしゃがみこんだ。

わたしたちと目を合わせるように、ぽんっとふたりの肩を叩く。

『ふたりは、どれだけ大きな喧嘩をしても、絶対仲直りするんだよ』

目尻を下げたおとうさんは、優しい声で言う。

急にそんなことを真剣に伝えてくるものだから、目をぱちぱちと瞬かせる。

『おおきなけんかなんて、しないよ……？』

『うんうん、なかいいもん、わたしたち』

　ねーっと顔を見合わせてにこっとするわたしたちを見て、おとうさんはわしゃわしゃと頭を撫でてくる。

『そうだな……。よけいなお世話だなあ』

『よけーなおせわ……？』

『ななもわかんない……』

　首を傾げるわたしたち。

　髪の長さも、服装も、生まれたときからずっと一緒。

　行動すらほぼ同じだから、見分けるのは話し方だっておかあさんが、しんせきってひとたちに教えていたのをおぼえている。

　ゆっくりでふわっとしたしゃべり方が、わたし。

　はきはきしてて、しっかりした口調が七々ちゃんなんだって。

　おかあさんとおとうさんは、どれだけわたしたちふたりがお互いを紛らわそうとたくらんでも、一度もまちがえたことはなかった。

　なな、ももはぜんぜん違うよってあたり前のように言ってくれるふたりが、とってもとっても大好きだ。

　おとうさんはわたしたちの乱れた髪を温かくて大きな手で整えると、ふっと微笑んで諭した。

『七々、百々。ふたりの名前を合わせると107になるだろう？』

　ひゃくなな……、数字？

『ななの、七と、ももの、百……？』

『そうだ。107の意味を知ってるかい？』

　107の意味……？

　数字に、意味なんてあるの……？

『わかんない……』

『しらなぁい……』

　きょとんとする七々ちゃんとわたしに、おとうさんはとびきり優しい微笑みで、口を開いた。

『107を表す言葉は、"神と愛の導き"。きみたちは、天から守られている存在だから、安心してその直感で進んでいくべきだ』

　かみと、あいの、みちびき……？

　まだ7歳になったばかりのわたしたちには、到底理解できない内容で。

　ちんぷんかんぷんだと考えることをあきらめるわたしと違って、その横で、七々ちゃんは真剣にお父さんの言葉を聞いていた。

『ふたりは、お互いがいないと成り立たない。なにがあっても、どんなに辛くても、ふたりでその壁を越えていくべきだ』

『……わかったよ、おとうさん』

　いま思えば、お父さんと七々ちゃんは仲がよかった。

　わたしは完全なお母さんっ子だったけれど、七々ちゃんは、よくお父さんの難しいお話に耳を傾けていた。

　七々ちゃんは、やはりわたしと違って小さい頃から賢かった。

　しっかりしていて、とても頼りになっていた。

『百々、わたしたち、ずーっとなかよしだよっ』
『うんっ、七々ちゃん、だいだいだいすき!!』
　はじけるような笑顔を見せる七々ちゃんは、わたしを強く強く抱きしめて。
『わたしも百々だいすきーっ』
　お互いが大切で大切で仕方ない。
　……あの頃には、もう、戻れないのかな。

しらぬまま牙城くん

　……懐かしい夢を見ていた気がする。

　目が覚めると、自分の瞳には涙が浮かんでいた。

　……寝ながら、泣いていたんだ。

　上体を起こし、目をこするわたしを見て、近くにいた景野さんは眉を上げた。

「……起きたかい？」

　……見たら、わかるでしょう。

　癇に障るなあ……、と、顔をしかめながら、あたりを見渡す。

　……車の中じゃ、ない。

　揺れていた感覚はなくなり、いつのまにか冷たい地面に座らされていた。

「ここは……どこですか」

　枯れた声で景野さんに聞くと、彼はなんでもなさそうに答えてくれる。

「僕らの、……【相楽】のアジト。簡単にいえば【相楽】の人間が集まるための場所だよ」

　無駄に広い倉庫のようなところ。

　灰色の壁、地面、天井。

　わかりやすくいえば、なにもない。

　空気は冷たくて、悲しいほどに静かだ。

　ここは入り口に近いのか、奥のほうに部屋のようなもの

があり、漆黒の扉がついている。

　この空間にはわたしと景野さん以外おらず、ところどころ、その部屋から話し声が聞こえてくる。

「もうそろそろ、【狼龍】が怒りに任せてやってくるはずなんだがね」

　景野さんは、ふふっと不敵な笑みを浮かべた。

　ふかしていた煙草をジャリ、と踏み、火を消す。

　それから、わたしの前にしゃがみ、視線を交わせてくる。

「牙城クンに電話したら、あまりにも彼が憤りすぎて……それはそれは怖かったよ」

「電話……、したんですか」

「ああ。睡眠薬で眠らせてるって言えば、……なにか物を投げたのか、とんでもない音がしていたけどね？」

　くつくつと笑う景野さん。

　赤みが増した瞳は、薄暗い空間で、蛇のように光っていた。

　牙城くんを怖いというわりには、この状況を楽しんでいるように見える。

　牙城くんが来るのが、嬉しくて仕方がないというように。

　……【狼龍】を、つぶしたくて仕方がないとでもいうように。

「牙城クンの唯一の弱点は、きみだってこと。……もし、僕がモモちゃんの肌に傷ひとつでもつけたら……あいつはどうなるんだろうねえ？」

　わざとらしく、わたしの頬に爪を立てる景野さん。

　ピリッとした痛みに、思わず顔をゆがめると、彼は手を放した。
「おっと、僕好みの綺麗な顔を傷つけるのは、まだ早いかな」
　あなたの好みなんて……、知らない。
　そもそも、わたしなんてどうでもいいくせに。
「あなたが……、本当に欲しているのは、わたしじゃなくて七々ちゃんでしょう」
　わたしに接触してきたときから、景野さんは、ずっと七々ちゃんの話ばかりしている。
　景野さんと七々ちゃんの間になにかあったのは丸わかりだけれど、景野さんの執着は半端ない。
　わたしの顔も、……彼女に似ているから傷つけられないんだ。
　もしかして、……景野さんは七々ちゃんのことが好き？
　……だとしたら、相当なゆがんだ愛だけれど。
　睨みつけるわたしの目を、彼は赤い目でのみこむ。
　わたしの言葉に、景野さんはわかりやすく表情を消した。
「まあね。……あんなに強い女ははじめてだったから参ったもんだよ」
「七々ちゃんは、……そんなに強いんですか？」
「あたり前だろ。この世界で、名を知らぬ者はほぼいない。【相楽】や【狼龍】と同じくらい、有名だ」
　七々ちゃんのことを仕方なさそうに語るわりには、一方では褒めているようにも聞こえる。
　それほど、七々ちゃんのことを熟知しているのは聞か

なくてもわかることだ。

　……にしても七々ちゃんがそれほどまでに有名だったとは初耳で、どこかではわかっていたくせに、少しだけ驚いてしまった。

　息をのむわたしに、景野さんは明後日の方向を見ながら、またもや煙草に火をつけた。

「……汚点だが、【相楽】はナナにやられた過去がある」

　ふーっと煙を吐き出し、あたりに黒い匂いが撒き散らされる。

　慣れない煙草の匂いに咳きこみそうになったけれど、話の続きが気になったから我慢した。

「え……」

　【相楽】が……、七々ちゃんに負けた？

「きみに弱みを見せるわけではないが、これは事実であるから述べている」

　景野さんは、やはり読めない人だ。

　七々ちゃんのことを憎んでいるように見えて、どこか敬っている。

　最低な人に見えて、すべての行動に含みがある。

　わたしを誘拐したくせに、……なにもしない。

　噂の非道な【相楽】の総長は、いまここにいなかった。

「【狼龍】の総長に、牙城クンが就任した頃だ。族関係にまったくやる気のない彼がトップに立ったことで、【相楽】は憤りを覚え、おびき出し、集団でリンチしたんだ」

　リンチ……。

216

みんなで、牙城くんを殴って蹴って。

　……大群で、彼を傷つけたの？

　さすがの牙城くんだって、【相楽】全員にひとりで勝てるわけないのに。

　……なんて、ひどいんだ。

　そのときの牙城くんの痛みを案じ、拳が震える。

「もちろん、僕が命令したよ。僕がトップになったからには、さっさと【狼龍】をつぶしたかったからね」

「最低……っ」

「おいおい、せっかくの可愛い顔が台なしだ」

　……景野さんは、やはり非道だった。

　少しでも、優しいのではと期待したわたしがばかだった。

　彼は、れっきとした【相楽】の総長だった。

　顔をしかめたわたしの頬に、手を添えてきた景野さんだったけれど、キッと睨むわたしを見て、苦笑して距離を取った。

「さすが、ナナの双子と言うべきか。猛獣を飼ってる気分だ」

「……っ」

「もう一度眠りたいかい？　いつでも睡眠薬は用意しているが」

　わたしの弱みを握ったかのように、景野さんは面白おかしく指を差す。

　その先には大量に積み重ねられた睡眠薬があり、……なにも言い返せなかった。

　従順になったわたしに、景野さんは再度話しはじめる。

「僕たちが牙城クンを痛めつけている間、彼はまったく抵抗しなかった。ボロボロになって意識が飛ぶまで、やられっぱなしだった。……本気で【狼龍】も落ちぶれたものだと思ったよ」

　危険、怖い、恐ろしい。

　いまではそんなふうに噂されている彼に、そんな時期があったなんて、わたしは知らなかった。

「……でも、そんなときに、ナナがやってきた。ひとりでなにも持たずに颯爽と現れ、『ナギ、もういいよ』なんて言うんだ。当然、僕たちはなんの話かわからない。こんなところに華奢な女がやってきたというだけで、意味不明だ」

「…………」

　灰色に包まれた【相楽】のアジト。

　ボロボロになった傷だらけの牙城くん。

　血が飛び散る巣窟。

　そんなところに……、ひとりやってきた七々ちゃん。

「そのとたん、牙城クンは立ちあがった。あんなに僕らにやられたのに、まったくよろめくことなく、平然と。正直、バケモノを見た気分だった。そんなとき、ナナは牙城クンの瞳を見つめ、言った。『ナギ、これからはわたしがいるよ』と」

　僕らは、それを見て、呆気にとられてなにもできなかった。

　そうつぶやく景野さんは、切ない表情をしていた。

　牙城くんが抵抗しなかったのは、【狼龍】の総長なんて

218

やりたくなかったから……らしい。

　ただ強いから、というだけで先代にその座を譲られ、座らされた。

　ありがたいことなのに、牙城くんは喜べなかった。

　いままでひとりで戦ってきたのに、どうやって、仲間を守るんだって。

　荷が重かったんだと。

　そのおかげで、【狼龍】のメンバーからは恨まれることも多かったんだって。

　だから、自分が弱くなればいいんだって、そう……考えたらしい。

「無抵抗になってしまった僕たちは、ナナと牙城クン以外の【狼龍】のメンバーにやられた。……しかし、【相楽】は、【狼龍】に負けたとは決して思っていない。僕らは、ナナに負けたんだ」

　そう言う景野さんの表情には、悔しさはなかった。

　暗闇に落ちた牙城くんを救ったのは……、七々ちゃんだった。

　心も強く、優しい七々ちゃんは、温かく彼を包みこみ、冷えた心を溶かした。

　彼女が、どれほど牙城くんにとって大切な存在になったのか、……理解したくてもわたしには考えられなかった。

「牙城クンは、きっといまもなお……、ナナを仲間として想っているはずだ。……あんなことがあったいまでもね」

　景野さんは、いったん息を吐いた。

　"あんなこと"……。

　彼の言葉に、ヒュッと胸に冷風が吹きこんだ気がした。

　それほどまでに、信じあっていたふたりが。

　……どうして、こんなにも疎遠になってしまったのか。

　それからの牙城くんが、わたしと出会った牙城くんであ
ることが、容易にわかってしまう。

　……わたしとはじめて会ったときの牙城くんは、本当に
本当に身も心もボロボロで。

　それも、【相楽】にやられたときよりも、もっと、もっと。

　……もしかして、わたしが声をかけたあのとき。

　あれほどまでに傷ついていたのは……。

「……ナナが、牙城クンを捨てたんだ」

　あの七々ちゃんが、……裏切るなんてことをするなんて。

　……そのせいで、あんなにも牙城くんが荒れるなんて。

　信じられなかった。

　きっと……、都合のいいときに、七々ちゃんそっくりな
わたしが現れたから、利用しただけなんだ。

　ずっと……、牙城くんの心に住んでいるのは、七々ちゃ
んだった。

　景野さんはすべてを言い終えると、そっとわたしに声を
かけた。

「……ぜんぶ、秘密にされていたようだね。なんていう哀
れだ」

　……黙って。

　涙が出なくなった瞳のせいで、胸の奥がジンジンと痛ん

で辛かった。

　景野さんの細い指がわたしの目尻に触れそうになった、その瞬間。

　いつかのデジャヴのように、ガァァンッと鈍い音が灰色の空間に鳴り響いた。

「……おや、さすが、いいタイミングで来たようだ」

　歌うようにそう言う上機嫌な景野さんは、わたしに伸ばしていた手をぴたりと止めた。

　蹴られたのは倉庫の入り口の重い扉のようで、その後も何度もガンガンと音を鳴らせている。

　それだけで、誰かわかってしまう。

　……牙城くんだ。

　いま、いちばん会いたくて、……でもいちばん会いたくない人。

　風になびく銀色の髪が、見えた気がした。

「牙城クンや、そんなに蹴っても殴っても。その扉は残念ながらビクともしないよ？」

　楽しそうに扉のほうへ歩みよる景野さん。

　牙城くんを煽るように、そんな言葉を口にした。

　それでもやまぬ轟音に、思わず顔をしかめた……けれど。

「早く開けろっつってんだろうが!!」

　今度はダァァンッと、さっきとは比でないほどの重苦しい音が轟き、灰色の空間に光が差しこんだ。

　現れた光の外に佇むのは、おそらく【狼龍】のメンバー。

　全員で押したのか、壊れかけた扉が中途半端に開いてい

た。

　怒りで逆立つシルバーの髪を見た瞬間、信じられない相手のはずなのに……安堵で力が入らなくなった。

　騒ぎを感知し、慌てて奥の部屋からぞろぞろと【相楽】のメンバーがやってくる。

　【狼龍】のメンバーと、決定的に違うところ。

　……それは、確信に満ちた勝利の笑みを浮かべているところだ。

「ハァイ、きみはこっちに来てネ」

　突如現れた赤髪の男に、ずるずると引きずられる。

「うっ……」

　砂利だらけの地面に肌がこすれて、痛みで唸ると、光のほうから怒気を含んだ声が飛んでくる。

「おい、百々ちゃんに触るな」

　牙城くんの声は地を這い、聞く者すべてを恐怖に陥れる。

　その証拠に、わたしに触れていた赤髪の男はビクッとし、あからさまに自分の気持ちを紛らわすよう、嘘笑いをしていた。

「牙城クンがすでに手のつけられないほどお怒りのようだから……、手短に済ませようか。まず、……そこに、ナナはいるか？」

　景野さんは、この中でいちばんの落ち着きをはらい、冷静に【狼龍】に問いかけた。

　……あふれんばかりの人、人、人。

　どれも男の人で、七々ちゃんが混じっているようにはま

るで見えない。

　そもそも、わたしのために七々ちゃんが来るなんてありえない。

　それなのに、ばかげたことを聞くなあ、とひとりでぼーっと外を見た。

　その質問を予期していたのか、どんよりした空気を醸し出す【狼龍】の中から、ひとつ凛とした声が聞こえた。

「いるよ、祥華」

　サチカ、と景野さんを呼んだ声は、れっきとした七々ちゃんの声だった。

　まるでわたしの声なのかと疑うほど、似たトーン。

　人の波にうずもれたなかから、七々ちゃんは静かに前に歩みでる。

　ぴんと伸びた背筋。

　揺れるショートの黒髪。

　際立つスタイルのよさ。

　纏う空気は、わたしの知っている七々ちゃんでなく、暗くてわびしいものだった。

　もともと前にいた牙城くんと並んだ七々ちゃん。

「祥華。百々を返して」

　敵なしの物言いは、誰も逆らうことのできない強さを持っていて。

　"百々"と、久しぶりに呼んだ声を聞いて、小さい頃の思い出がよみがえる。

　あの頃に戻れるのかな。

　七々ちゃんは、戻りたいって思ってる？

「……残念ながら、それは無理だ。僕が返したくないんじゃなくて、……モモちゃん自身が、きみたちのもとへ帰りたくないかもしれないな？」

「……やめてよ、祥華」

「相変わらず、敵なしの女だ。まあ、意味なんてない。きみたちのお姫さまはきみたちのもとへ戻りたくない。そのまんまだよ」

「……そんなわけねえよ！」

　景野さんの言葉に被せて答えたのは、牙城くんだった。

　有無を言わさぬ口調が、景野さんを一瞬だけ黙らせる。

　メラメラと燃える炎をうつした瞳に、いまはじめて捕らわれた。

「百々ちゃんは、俺の人だ。誰のところにも行かないし、なびかない」

「……あはは、面白いなあ。それじゃあ、本人に聞いてみたらどう？」

　フッと鼻で嘲笑した景野さんの言葉に、一気にわたしへ視線が集まった。

　もちろん、牙城くんも、七々ちゃんの視線もある。

　わたしに答えを委ねるように、空間がしんと静まり返った。

　……俺の、人。

　そう言いきった牙城くんを、いまはどうしてか、信じることができなくなっていた。

「ねえ、……牙城くん」

　牙城くんのとなりにいるって誓ったけれど。

　できそうに……、ないかもなあ。

「……どーしたの、百々ちゃん」

　いつものように返してくれるその口調も、どこか切なげに震えているように聞こえた。

　本当にわたしのことが好きじゃないなら早く言ってほしいと思った。

　七々ちゃんという存在を失った代わりだというのなら。

　双子であることが、こんなに苦しくなるとはまったく思わなかった。

　似すぎていることが、未来のわたしたちを辛くさせることなんて、誰が予期していたのだろう。

「……わたしに気を使わなくていいよ、牙城くん」

「は？　百々ちゃんまじでなに言って……」

「もう、いいから。わたしをいい加減離してよ、……牙城くん」

　嘘だ。

　ぜんぶ、ぜんぶ、嘘だ。

　あわよくば、わたしを離さないでほしい。

　ずっとずっと、そう思っているのに。

　どうして、自ら彼の手を……大好きな牙城くんの手を、離さなければならないのだろうか。

「……景野、おまえ、百々ちゃんになに言ったんだよ」

　憤りと怒りで……、遠目からでもわかる。

　牙城くんの強く握りしめた拳が、血だらけになっている。

　ぽたり、ぽたりと落ちる血の滴を、誰も拭おうとはしなかった。

　早く、手当てをしてほしい。

　わたしのことなんて忘れてくれていいのに。

　……そんなの、あたり前に本心じゃなくて。

　痛んだ心の修復は……、どうしたって時間がかかりそうだった。

「……事実しか、言ってないよ。きみがナナと親しい間柄であったはずなのに、モモちゃんに伝えていなかったこととかね」

「景野、おまえ……」

　掴みかかろうとした牙城くんを、椎名さんは制する。

「おい、ナギくんやめろ」

　牙城くんの反応で、七々ちゃんとの関係をわたしに知られたくなかったのだということがあきらかになり、いまも立派に傷ついた。

　景野さんは、わたしのほうをちらりと見ると、腕を組んで口を開く。

「まあ、力づくでも奪ってみれば？　そんなにナナに似ているモモちゃんが欲しいならね」

「おい景野。……本気で黙れ」

「おやおや。血の気が多い獣は困るよ」

「俺には、……百々ちゃんしかいねえんだよ！　百々ちゃんだけは失いたくないんだよ！」

　地団駄を踏む牙城くんは、わたしが見る……はじめての涙を流していた。

　涙の理由はともかく、すぐさま駆けよって、拭ってあげたかった。

　だけれど、縛られた腕は自由に動かせなくて無力にだらりと下ろした。

　……牙城くん、なんで泣いてるの？

　わたしのせい？

　それとも、それ以外？

　わからないよ。

　知らない牙城くんは……、不安で不安で、近づけないよ。

　荒い息をする牙城くんを、椎名さんが支えている。

　景野さんは、荒れる牙城くんへの接し方に気をつけているのか、もう口を開かなかった。

　静寂が訪れるなか、話しだしたのは……。

　景野さんでも、牙城くんでも、わたしでもなく。

　……ひどく切ない表情をした、七々ちゃんだった。

「……百々、ナギ。ぜんぶ、わたしのせいだから、お願いだから、これから話すこと、ぜんぶ聞いて」

　息をのむわたしたちの前で、七々ちゃんはぽつりぽつりと話しだす。

　外を見ると、わたしたちを闇に落としたいかのように、激しい雨が降っていた。

過去といま【七々side】

　ナギとはじめて出会ったのは、１年半前の冬だった。

　たしか……中学を卒業する前くらいかな。

　わたしは百々が寝てから外に出たから、きっと日付が変わる時間帯だったと思う。

　夜の世界に足を踏みいれたのははじめてで、……少し冷えた暗闇のなかで不安を抱えたまま歩いていたの。

　もちろん、お母さんには内緒。

　言ったら、止められるのはわかっていたから。

　でも、いままでふつうだったわたしが、グレた娘となったせいで、お母さんから笑顔が少し減ったのは知ってる。

　こっちの世界へ入った理由も、ずっと百々にも言わないつもりだった。

　それでも、わたしはやらなければならないことがあったから、こうしてずっと、この世界に入り浸っているんだ。

　女子中学生など誰もいない、寂しい夜道。

　挙動不審に歩くわたしを、サラリーマンのおじさんたちが心配そうに見ていたのも覚えている。

　きっと、可哀想な子どもに見えていたにちがいない。

　そのときは、ひとまず声をかけられたり補導をされたりすることがなかったことに安堵していたの。

　だけど、もちろん、こんな時間となると、不良と呼ばれる人たちはたくさんいるわけで。

『……おいっ！　またあいつが逃げたぞ！』

『追え!!　牙城はまじでいまつぶしておかねえとあとが面倒なんだよっ！』

『クッソ、見つかんねえ……！』

　なにやら野蛮な会話が耳に入ってきて。

　派手な髪色の男の人たちがわたしの前を駆けていくのが見えた。

　去っていく男の人たちを呆気にとられて見つめる。

　……ガジョウ？

　がじょう……って、人の、名前かな？

　相当、その人は逃げ足が速いのか、何人がかりでも見つからないらしい。

　慣れない雄叫びも聞こえてきて、ぶるっと体を震わせた。

　……わたしも、絡まれないようにしなきゃ。

　なるべく早く目的の場所に足を運び、さっさと終わらせて家に帰ろう。

　そう思ったそのときに、……夜の世界の危険さを目のあたりにしたんだ。

『牙城、いたぞっ!!』

　たまたまわたしの行く先に、男の人たちが群れていた。

　その真ん中で、なにやらスーツを着ている……銀髪の人の後ろ姿が目に入る。

　……綺麗な、髪色。

　不可抗力で足を止め、思わず見入ってしまう。

　しかし、彼のまわりに十何人といる、金属バットやなに

やらを持った男の人たち。

いまにも吠えそうな、野蛮な人だらけだ。

不良、なんて可愛いものじゃない。

俗に言う、暴走族……だということは、聞かなくてもわかってしまった。

このあたりにはふたつの族が争っている、ということは誰かに一度、聞いたことがあったため、案外すんなり受け入れる。

そのときは他人ごとだからよかったものの。

こんなところで、まさか自分が会ってしまうなんて。

自分にしか聞こえないほど小さく、ため息をつく。

……もしかしたら大変なところに居合わせてしまったのかもしれない。

夜中にあまり働かない思考を動かしながら、身を案じ、近くにあった電柱の裏にさっと隠れる。

ほっと息を細く吐き出しながら、頭を抱えた。

ひとまず、……今日のところは家に帰ろうかな。

せっかく抜け出したはいいものの、こんなことに巻きこまれてしまったら意味がない。

ツイてなかったなあ……と、後悔し、帰り道に歩を進めようとした……、その瞬間。

ゆっくりと振り向いた銀髪の彼に、まんまと目を奪われたんだ。

『……綺麗』

ぽつりと思わずこぼれでた言葉は、慌てて口を押さえた

のが効いたのか、男の人たちには聞こえなかったようで安心する。

　目に焼きついた桃花眼の彼は……、いままで見たことがないほど、恐ろしく美麗だった。

　そんな彼を取り囲む人たちは、いっせいに言葉を投げかける。

『牙城！　今度こそはおまえを倒しに来た』

『ひとりで平然として、いちいち癪に障るんだよ！』

『その顔に、傷作ってやる』

　どれも本気の口調で、すごく恐ろしい。

　こんな人数を……、ひとりで相手できるわけがないのに。

　あの銀髪の人は……、牙城くんというのか。

　見た感じでは、失礼かもしれないけれど、あまり強そうには見えない。

　線が細くて、少し頼りない肩幅。

　こんな大群で向かわないと相手にならないほどの男の人だとは到底思えなくて。

　無力なわたしには彼を助けることはできないため、ただ息をのんで見守っていた。

　牙城くんとやらが負ける未来が容易に見えて、目を押さえて見ないようにする。

『さすがの牙城でも、この人数じゃきついよなあ？』

『黙って負けろ！』

　罵声を浴びせる声も、彼に掴みかかる男の人たちも、まるで見えてないかのように銀髪の彼は平然と立っていた。

『ほんっと……、しょうもないね、おまえら』

　彼の胸倉を掴んでいたひとりをバキッと殴り、……殴られたその人は、呆気なくぱたりと地面に倒れた。

　……気を、失ったの？

　見ないように覆っていた手の隙間から、思わず見てしまう。

　絶句してしまうわたしと違って、派手髪の彼らは、うおーっと雄叫びをあげて牙城くんとやらに突進していく。

　それを華麗にかわし、殴り、蹴り、ばたばたと敵を倒していく。

　わたしは、見ている光景が信じられなかった。

　どうして、さっきわたしは、この人が負けると思っていたのだろう。

　目を、そらせなかった。

　……あまりにも、強くて美しいから。

　盗み見をしていることを忘れて、見入ってしまうほどに。

　見るのが苦でないくらいに綺麗に拳を使う彼の銀髪は、闇夜の世界にうまく溶けこんでいた。

『まじで、よっわ』

　全員が地面に伏せたあと、自らに傷ひとつつけずつぶやく銀髪の彼。

　手持ち無沙汰に拳を見つめ、ぼーっとしている。

　……なにを、考えているんだろう。

　……この人の世界には、なにがうつっているんだろう。

　気になって、気になって、仕方がなかった。

　未知の世界に踏みこんだ気がして。

　この人のことを、……なぜかもっと知りたいと思ってしまったの。

『……あの』

　なんであのとき声をかけたのか、いまでも理由は明確じゃない。

　ただ、触れてみたかった。

　こんなにも人を華麗に傷つける彼を、知りたいと感じたから。

　もしかすると、彼がとても危険な人で、わたしにも危害を加える人かも……だなんて発想はなくて。

　声をかけたわたしを、驚くことなく見つめてくる彼に、一歩だけ近づいた。

　声をかけたはいいものの。

　……なにを、話せばいいんだろう。

　話しかけておいて、やっぱりいいです……は、さすがに失礼だよね。

　盗み見していたことはとっくにバレているだろうし、いまさらあとには引けないことはわかっていた。

　どうしよう、と焦って頭をフル回転させた結果、出てきた言葉は。

『……わたし、合気道、習ってるんですけど』

　……違う！

　そんなこと、言いたかったんじゃないのに。

　ほら、彼も予想外すぎたのか、ぽかんとしてるし。

　ああもう……っ、どうしたらいいの？

　泣く泣く話を続けるほかなくなったわたしは、ちらりと
銀髪の彼を眺め、再度口を開いた。

『受け身とか、かわし方とか……動作ひとつひとつが綺麗
で、感心しました』

　……これは、本当。

　本当に伝えたかったことではないけれど、いま伝えたこ
とは本心だった。

　強い女の人になりたくて、合気道を習いはじめたわたし。

　合気道がうまい人は何人も見てきたし、稽古（けいこ）も得意なほ
うだったおかげで、自分の腕には自信があった。

　だけど、あんなにも人を魅了するような拳の使い方をす
る人を見たのは、はじめてだった。

　そもそも最近になるまで不良なんて関わったことがな
かったし、見たことだってほぼなかった。

　だけれど、この人は、ほかとは違う。

　そう、素人（しろうと）ながらに感じたんだ。

　なんとか言葉を絞り出したわたしに、彼はまだまだ硬
直（こうちょく）していたけれど、すぐにふっと笑って答えてくれた。

『……合気道、かっこいいじゃん』

　俺にも教えてよ、と微笑む彼に、わたしは完全にノック
アウト。

　それからは、毎夜会うようになって……、とたんに仲良
くなった。

　あまり家族の仲がよくない影響で、夜の世界に入り浸る

ナギの寂しさを一緒に埋めたり。

　わたしが不良になった理由となる目的を果たしたあと、たくさんいろいろなことを話したり。

　……それこそ、お互いがいないといけない親友のような存在になり、夜、ナギと話すのがいちばんの楽しみになっていた。

　だけど、ちょうどその頃から、……家族との溝ができはじめたんだ。

『……七々ちゃん、最近、夜どこに行ってるの……？』

　ナギと会うようになってから、ちょうど2週間後。

　深刻そうな表情をした百々に呼び止められ、問いかけられた。

　わたしがいつも家を出る時間帯は、真夜中だ。

　お母さんは夜勤か、夜勤でない日は早く寝るから、バレるとしたら百々だ……と注意を払っていたけれど、あまり意味はなかったようで。

　いままでなにをするにも一緒だった双子の百々。

　これからもずっと、そうだと信じて疑わなかった……けれど。

　……もし、わたしのせいで、百々もこっちの世界に来てしまったら？

　危ないところへ、足を踏みいれてしまったら？

　大切な妹を、そんな目にはあわせられなくて。

『うーん……、まあ、ちょっとね。百々は知らなくていいよ』

　なるべく、心配性の百々には迷惑をかけたくなくて、わ

ざと少し突き放した言い方をした。

　きつい言い方ではなかったとは思う。

　だけど、わたしのせいで、百々が傷ついてしまったのは
事実だった。

　それから、わたしが夜いないことも相まって、百々との
会話はめっきり減ってしまった。

　お母さんにもバレてしまい、自分の決心が揺らぎ、わざ
と反抗するように髪にメッシュを入れ、カラコンをした。

　もう、わたしと百々は違うんだと、百々にわかってほし
かった。

　そうして、いつしか溝ができてしまった姉妹の仲は、簡
単には戻らなくなっていた。

『ナナさあ、最近なんかあった？』

　百々に避けられ、落ちこんでいるわたしに、いつもナギ
は慰めるように寄り添ってくれる。

　ナギは、わたしを仲間として、友だちとして支えてくれ
ていたんだと思う。

　その存在は、すごくすごくありがたかった。

　でもその頃くらいから、わたしはナギに恋心を抱くよう
になって。

　もちろん、ナギとの関係を崩したくなかったから気持ち
は伝えないようにしていた。

　さらに彼の紹介で【狼龍】のみんなに姫として迎えられ、
幸せな日々を送っていた。

　……そんなときだった。

『なんでなにも言ってくれないの……っ？　わたしの知らない道を行く七々ちゃんなんか……、大っ嫌い！』

　泣いた百々の姿を見て辛くて。

　ナギに助けを求めようとしたけれど。

　もう……、これ以上好きになったら気持ちがあふれそうで怖かったんだ。

　ぽっかり空いた心に知らないふりをしたまま、【狼龍】に顔を出す頻度を減らしていった。

　そんなときに、祥華がわたしの異変に気づいて支えてくれた。

　無条件に優しさと愛をくれる彼にだんだん惹かれていって。

　祥華が【狼龍】と敵対する【相楽】の総長だと知ったとき、これがナギたちから離れるいい機会だと思った。

　自分で夜の世界に入った理由を言わない選択肢を選んだものの、大好きな百々に嫌悪され、避けられ、お母さんにも気を使われることに、自分はいったいなにをしたかったのか、わからなくなっていたんだと思う。

　はたから見れば、仲間を裏切ったように思われるかもしれない。

　仲間たちが、なかなか集会にも来ないわたしを心配してくれていたのはわかっていたけれど、本当のことは言えるはずがなかった。

　ある日、決心をし、真実を伝えるためにナギを呼び出した。

『もう、【狼龍】にはいられない』

　激しい雨の中、ナギは、そう小さくつぶやいたわたしを
じっと見つめていた。

『……なんで？』

　感情が見えないナギを見て、わたしのせいで深く深く傷
ついたことがわかった。

　親友を裏切った痛さで涙が出そうだった。

　お互いを支えあって生きていたくせに、わたしが手放し
たから。

　わたしがいなくなって、ナギがどうなるかなんてわから
なかった。

　勝手に好きになって、勝手に離れていくわたしのことな
んて、いっそ、忘れてほしいと思っていたの。

　ナギを嫌いになったんじゃない。

　すべて真実を伝えようとは思っていたけれど、彼に恋心
を抱いていたことは言えなかった。

　ナギが、わたしの気持ちに気づかなかった自分を責めて
しまう未来が見えたんだもん。

　それなら、なにも言わずに去るべきだと思ったんだ。

『……ごめんなさい』

　ナギは、わたしを引き止めようとしなかった。

　ただ、最後に見た彼の瞳は、とても冷たかった。

　あの頃は、お互いを超える仲間はいないと、ふたりとも
信じていた。

　それなのに……、わたしが、一方的に裏切った。

　ナギは、わたしの言葉を聞くと、なにも言わずに帰って
いった。

　雨の中、傘をさすことなく去っていく姿は、ひどく寂し
かった。

　わたしのことも慕ってくれていた【狼龍】のメンバーに
は、ナギともう会わないこと、【狼龍】をやめることを伝
えた。

　ナギの幼なじみであるえみは、わたしに『気にしなくて
いいから』と、変わらず【狼龍】のメンバーでいてほしい
と言ってくれた。

　でも【相楽】の総長と付き合っているのに、それはみん
なに失礼だと思い、【狼龍】はやめることを決心する。

　わたしの仲間は昔もいまも【狼龍】だけだから、【相楽】
には加入しなかった。

　祥華もわたしの考えを尊重してくれた。

　だけれど、たまにえみから連絡が来て、臨時で彼らと戦
うことはあって。

　喧嘩は、いつになっても好きにはなれなかった。

　ナギの、ナギが守る【狼龍】だからこそ、彼らと仲間だっ
たから戦ったの。

　ナギが、わたしと会わなくなってから荒れたのは耳にし
ていた。

　ナギに嫌われる。

　ナギに、最低な人と思われる。

　自分で彼を、仲間を手放したくせに、きつかったんだ。

　まったく会わない日々が続き、えみと話しながら、ナギの様子を聞いていた。

　荒れて、ナギと信頼しあう椎名さんですらも手をつけられない状態だった彼が、急に元気になったらしい。

　そう、えみから伝えられたときは、驚いたものの、安心がすごく大きかった。

　どうやら、好きな人ができたらしく。

　相手が、百々だと知ったときは、さすがに参ったけれど、きっと百々がナギを支えてくれると信じていたから辛くはなかった。

　誰かが、ナギは、わたしの代わりとして百々を選んだんだと言っていたのを耳にしたけれど。

　わたしは絶対そうではないと、確信していたの。

　そもそも、わたしたちは付き合っていなかったし、ナギにそういう感情がなかったことは【狼龍】のメンバー伝いに聞いていた。

　外では、付き合っているとかお似合いだとか、騒がれていたけどね。

　……百々は、わたしとはぜんぜん違うから。

　双子で、似ているのは外見だけ。

　ナギ、百々……、ふたりの心に傷を作り、辛くさせたのは、わたしだ。

　本当にごめんね。

　わたしのことはたくさん恨んでいいから、いつか、許してほしい……なんて贅沢かな。

☆

☆

☆

☆

＊恋色＊

くるしみの牙城くん

「……これが、わたしのすべて」

　弱々しく笑った七々ちゃんは、切なそうに目を伏せた。

　牙城くんも、なにも言わずにうつむいている。

　……大切な、妹。

　七々ちゃんは、まだ、わたしのことそう思ってくれていたんだ。

　それだけで、少し、心が温まった気がした。

　重苦しい空気が流れるなか、次に口を開いたのは景野さんだった。

「……ナナ。まだ言ってないことがあるだろう」

　そっと紡がれる言葉は、七々ちゃんに投げかけられる。

　責めるわけでもなく、急かすわけでもなく。

　本当に七々ちゃんを想っていることがわかり、きゅっと胸が締まって苦しかった。

　景野さんに尋ねられ、七々ちゃんは顔を上げる。

　ふるふると首を横に振り、言いたくないことを示す。

　だけれど、景野さんは強くうなずき、七々ちゃんに言葉を促した。

「ナナ、きみにとっていちばん大切な妹に、誤解されたままでいいのか」

　景野さんの言葉に、今度はわたしが顔を上げる番だった。

　……わたしに、誤解？

　七々ちゃんはここに来て、はじめて顔をゆがめ、涙を落とした。

　もしかして、わたしが七々ちゃんをずっと避けていたことは……、彼女に大きな心の傷を負わせてしまったのかもしれない。

　いまになれば、七々ちゃんや牙城くんを信じられなくなっていた気持ちも薄れていて。

　……本当のことを、知りたい。

　本当は弱くて繊細なふたりを、わたしが支えたいと思ったんだ。

「……百々には、絶対に言うつもりは、なかったの」

　震える声で、口を開く七々ちゃんは、いまにも消えそうではなくて。

　どうしたって、責める気持ちにはなれなかった。

「……うん、なに。七々ちゃん」

　七々ちゃん、と紡いだ声は、情けなくも小さかった。

　……こうやって向きあって話したのは、何年ぶりだろう。

　どこで、まちがえたのかわからなかった。

　なんで、七々ちゃんのことが苦手になったのか、その気持ちすらいまは思い出せなかった。

「わたしは……、一度も百々を置いていったことはないの。止まっているのは……、わたしのほうだよ」

　七々ちゃんを拒絶したときに、わたしは言ったことを思い出す。

『わたしの知らない道を行く七々ちゃんなんか……、大っ

嫌い！』

　わがままで、七々ちゃんの気持ちなんて１ミリたりとも考えなかった。

　七々ちゃんは、わたしのこの言葉をずっと気にしていたんだ。

　落ちる涙を拭かない七々ちゃんを、見つめる。

　七々ちゃんも、わたしを見ていて、しっかりと目が合う。

　……訪れる静寂。

　人だけはたくさんいるくせに、誰もなにも言えなかった。

　【狼龍】や【相楽】のメンバーも、水を打ったように静かだった。

　七々ちゃんの言葉を待った。

　なかなか口を開かない彼女を、何分ほど待っていたのだろう。

「わたしが夜に出かけるようになった理由はね、……シングルマザーのお母さんの負担を減らすために、夜中に働いていたからなの」

　……七々ちゃんが小さくこぼした言葉が、どうしても理解ができなかった。

「……っ、嘘だ」

　お母さんの負担を、……減らすため？

　そのために、危険を冒してまで、……夜にバイトをしていたの？

　まだ、……中学生だったのに？

　なんで……、言ってくれなかったの？

　ふと、先日、お母さんとしていた会話を思い出した。

『なんだか最近、仕送りが多いのよねえ……』

　お父さんからの仕送りが多いと不思議そうに嘆いていたお母さん。

　あのときはお父さんが気を使って入れてくれていたとばかり思っていたけれど。

　まさか、それって……。

　力なく微笑む七々ちゃんを見て、……涙が、あふれ出る。

「……お父さんにだけ事情を話して、お父さんの口座から働いてもらったお金を入れていたの。……あ、働いていたのは危ないお店じゃないよ。祥華の経営しているバーで、中学生ということを隠して雇ってもらっていたの。そのときに、……弱っていたわたしを、祥華が支えてくれたの」

　牙城くんも、七々ちゃんの不良になった理由を知らなかったのか、驚いていて。

　七々ちゃんは、いつだってひとりで戦っていた。

　不良になったふりをして、陰ではお母さんの負担を減らす努力をしていて。

　わたしに避けられても、ずっと決心を揺らがずにいて。

　わたしは、……なんてひどい言葉を七々ちゃんに言ってしまったんだろう。

　七々ちゃんは、自分ひとりだけで家族を守ろうとしてくれていたのに。

「七々ちゃんの、ばかっ……」

　やっぱり、七々ちゃんは、変わってなんかいなかった。

「……なんでっ、なんで言ってくれなかったの……！」

　心が痛くて、痛くて、七々ちゃんに申し訳なくて。

　知っていたら、わたしももっとなにかできていたはずなのに。

　ふたりなら、怖くなんかなかったのに。

「ごめんね、百々……、だって百々は優しいから、自分もするって言って聞かないでしょ……？」

「あたり前じゃん……っ、七々ちゃんだけがすることじゃない」

「そう言うと思ったから……、夜の世界は危ないのに、百々がこっちに来たらだめだから……、どうしても言えなかったんだ」

　わたしは強いからね、と控えめに笑う七々ちゃん。

　たしかに、わたしよりは合気道はじょうずだったし、人よりメンタルも丈夫かもしれない。

　……だけど。

「七々ちゃんは、ほんとにほんとにほんとに……っ、ばかなんだからっ……！」

　こんなことになるなら、ちゃんと七々ちゃんと真正面から向きあって受け止めるべきだった。

「……うん、ほんとに、ごめんね」

「違うよっ……！　謝ってほしいんじゃない。わたしたち、なんのための双子なの？　ふたりで支えあうために、ふたりで生まれてきたんだって、七々ちゃんはぜんぜんわかってないよ……っ」

「百々……」

「……っごめんね、七々ちゃん……、いままでずっと傷つけてごめん……っ、ひとりで戦わせてごめんね……っ」

　謝っても謝りきれない気持ちは、どうしても消化しきれなくて。

　七々ちゃんの涙が頬を伝うところを、ただ見ることしかできなくて。

　手足を縛られ、身動きできないわたしに、七々ちゃんは駆けよってきて、……強く強く抱きしめてくれた。

「……ねえ、百々、覚えてる？　お父さんが、……わたしたちの７歳の誕生日に言ったこと」

　こんなに近くに七々ちゃんがいるのは、はるか遠くの昔すぎて、懐かしくて、ぎゅっと強く抱きしめ返し……たかったけれど、不自由な腕のせいで、心の中だけにとめた。

「もちろん……、覚えてるよ。わたしたちの名前を合わせた……、107の数字の意味」

　わたしがそう言うと、七々ちゃんは驚いた声で言葉を発する。

「……百々、あのときぜんぜん話聞いてなかったから、もう忘れちゃったと思った」

「あっ……七々ちゃん、わたしのことからかってるでしょ」

「……え、バレた？」

「もう……っ」

　こうやって言いあうのも……、何年ぶりなんだろう。

　満たされて、幸せで。

　七々ちゃんの存在がわたしの中で、ほかにない大きなものだということを改めて認識した。

　ふふっとやわらかい笑みを浮かべる七々ちゃんにそっと寄り添う。

「わたしたちはふたり合わせて……」

　その続きを言おうとした七々ちゃんを遮り、わたしは言葉を被せる。

「神と愛の導き、でしょ。七々ちゃん」

「うん、……そうだよ。百々」

　泣きそうな声を出し、わたしの肩に涙を湿らしていく七々ちゃん。

　ごめんね、と小さくつぶやくと、七々ちゃんは、ばかって言う。

　そんなやり取りさえも、嬉しくて……、ふたり、子どもみたいに泣いた。

「そうだ、朝倉さんが【相楽】に危険な目にあわされそうになったときあったでしょ？」

　泣きじゃくるわたしに、淡路くんは思い出したように問いかけた。

　彼の言葉に思いをはせる。

　……はじめて、土曜日の牙城くんに出会った日のこと。

　うなずくわたしを見て、淡路くんはふっと微笑んでこう教えてくれた。

「あのとき、じつは俺ね。七々と連絡を取って、朝倉さんを守れるように指示もらってたんだ」

　わたしを守れるように……？

　七々ちゃん、そんなことしてたの？

　驚いて彼女を見ると、照れくさそうにうなずいた。

「……なあ、七々」

　まだ涙が止まらない七々ちゃんに、さらに牙城くんは優しい表情で声をかける。

　七々ちゃんはわたしを抱きしめながら、ゆっくりと彼を見た。

「俺、ずっと七々に裏切られたと思ってた。……避けて、嫌って、支えてくれたのに、なにも返せなかった」

「……ううん、ナギやめて。わたしがなにも言わなかったのがいけなかったから」

　牙城くんの言葉に首を振る七々ちゃん。

　ふたりの関係も、これから変わりそうだと予感する。

　牙城くんは、ふっとやわらかく微笑んで、七々ちゃんを見つめた。

「でもさ、七々、ありがとう。そのおかげで、百々ちゃんに出会えたから……感謝してる」

「ほんっとナギは……、百々が好きねえ」

　呆れたように笑う七々ちゃん。

　それにしても……、こんなところで、牙城くんはなにを言おうとしているの？

「あったり前じゃん。俺、あのときからまじで、百々ちゃんしか見えてねえの」

　自慢げに言う牙城くんの言葉で思い出す。

牙城くんにはじめて会った、あのときのことを。

ざあざあと降る雨の中。

参考書を買いに、本屋へ行った帰り道のこと。

春になりかけの、不安定な天気模様。

傘をさして足早に歩いている人が多いのに、路地裏で、銀髪の男の人がびしょびしょの地面にしゃがみこんでいるのが見えたんだ。

傷だらけで雨に打たれる彼は、漫画に出てくるような、なんていうか……。

見るからに……、不良、って奴だった。

絶対危ない人だ……。

近寄らないほうが、いいよね……？

都会というのは寂しいもので、誰も彼に声をかけようとはしない。

ますます雨がひどくなるにも関わらず、銀髪の彼はまったく身動きひとつしなかった。

……ひとまず、無事かどうかを、確認しよう。

小学生みたいになにかあったときのために持っている防犯ブザーを握りしめ、そっと地面に座る彼に近寄った。

手が……、血でにじんでいる。

立ちあがる気配もなく、近づいたことに気づいているだろうけど、彼はわたしを見ようともしない。

どうしたものか……、と、頭を悩ませた。

……いっそのこと、声をかける？

でも、無視されたら？

睨まれたら？

もしかしたら、危ないことをされるかもしれない。

それなら、もう気にせず帰る……？

そのほうが、安全ではある。

七々ちゃんなら、……こんなときどうするんだろうなあ。

不良になった七々ちゃんでも、弱っている人を見捨てたりしないよね……。

考えだすと止まらなくて。

……ええいっ！と、すべての思考を消した。

よし、とりあえず、話しかけよう。

それで、無事だったら、さっさと帰ろう。

決意を固め、声をかけるべく、口を開いたそのときだったと思う。

……見たこともないほど綺麗な彼が、わたしをはじめて見つめた。

その瞬間、彼は目を見開き、口を開けてなにかを言おうとしたけれど……、唇の傷が痛かったのか、なにも言葉を発さなかった。

ただ、鋭くわたしを睨む瞳は、トゲだらけで。

近づくな、というオーラを放っていた。

七々ちゃんのせいで慣れてるとは言っても、さすがに彼の視線は怖かった。

ふつうならば、足がすくんで動けなくなると思う。

それなのにすぐに引き下がらなかったのは……、どうし

てか、彼に、興味が湧いてしまったから。

『雨……、濡れちゃいますよ』

　もう、濡れてしまっているけれど。

　いまにも消えそうな、儚い彼を、どうしても見て見ぬふりはできなかった。

　わたしの声に、なんの反応も示さない彼。

　……だと思いきや、ぴくりと動いて、ゆっくりとわたしを見上げた。

　透き通るほどの透明な瞳。

　見る者を魅了する桃花眼。

　美麗で、端正な顔立ち。

　こんなにも綺麗な人が、この世に存在するのかと疑ってしまうほど。

　銀髪が雨を弾いているようだった。

　……目を細めてわたしをじっと見つめる彼は、いま思えば、七々ちゃんにそっくりなわたしに困惑していたのだと思う。

『…………』

　流れる沈黙。

　友好的な雰囲気でないことはわかっていたけれど、口を開かない彼に、少しだけ傷つく。

　その間にも彼は雨に打たれ、本気で風邪をひいちゃう、と焦ってしまう。

『あっ……、ばんそうこう、……よければ使ってください』

　いらない、って言われるかな。

お節介って思うかな。

それでもよかった。

怖く見えて、それでいて泣きそうな彼を、放っておくことができなかったの。

いつも常備していて、花葉には「女子力の塊（かたまり）！」と言われる、カバンの中に入れてある絆創膏（ばんそうこう）をひとつ取り出したものの。

彼の顔を見ると、思ったよりも傷が多い。

ひとつじゃ……、足りないかも。

うーん……、じゃあ、いくついる？

悩（なや）んだあげく、絶対不必要な量、……持っていたぜんぶを彼に押しつけた。

これにはさすがの彼も驚いたようで、目を見張っていた。

そうこうしている間に、絆創膏も雨に濡れていき、使いものにならなくなってしまう。

もちろん、彼もびしょびしょで。

わたしたちふたりだけが異空間にいるような、不思議な感覚に陥（おち）ってしまう。

……なんで、こんなところにいるのか。

拳に血がにじんでいる理由とか。

そんなことを聞こうとは、まったく思わなかったんだ。

『……わたしので、ごめんなさい』

そっと、自分のカーディガンを彼に被せる。

そのうちこのカーディガンも雨に濡れてしまい、じゃまになるのだろうけれど、とりあえずの温もりになればいい

と思った。

　それをじっと見ていた彼は、はじめて口を開き、こう尋ねてきた。

『……なまえ、なに』

『えっ……』

　かすれた声は、ちょっぴり低めで、安心感のあるトーンだった。

　はじめて話してくれたことが嬉しくて、少しだけ動揺してしまう。

　……さっきまでの、視線のトゲもなくなってる。

　すぐに平常心を取り戻し、なんとかゆるむ頬を押さえながら、笑顔で返答した。

『……あ、アサクラ、モモです。百々』

『……もも、ちゃん』

　何度も小さくつぶやき、復唱する彼。

　わたしも名前を聞くと、ガジョウくんという名だということがわかった。

　ガジョウくんは、わたしのカーディガンを羽織り直し、雨に打たれながら言う。

『ありがとう、ももちゃん』

　雨の音がうるさいなか。

　やけに彼の声だけは耳に残り、忘れられなかった。

『いいえ……、気をつけて帰ってくださいね』

　彼が動きだすのを見届けてから、わたしも家へと向かおうとしたけれど。

『ねえ、……ももちゃん』

　優しげに問いかけてきたガジョウくんを不思議に思い、見つめる。

　続きを待っていると、彼は美しい笑みを浮かべて言ったのだ。

『ひとめぼれって……、信じる？』

『えっ？』

　突拍子もないことを言われ、困惑するわたしに、再度ふっと笑ったガジョウくん。

『まあ、いいか。……じゃあ、またね。ももちゃん』

　わたしが慌てて引き止めようとする前に。

　そうつぶやきながら、彼はさっさと立ちあがって去っていってしまったんだ。

　その後、もう会えないだろうと思っていた頃になって、となりのクラスに転入生がやってきた。

　名は、牙城渚くん。

　まさに、あのときの銀髪の彼。

　転入早々、男女ともに騒がれている有名人だった牙城くんは、あのときと違って、とても元気そうで。

　唖然としているわたしに、牙城くんは笑って言ったんだ。

『俺、百々ちゃんに会いに来たんだよね』

　……それから、牙城くんによる溺愛がはじまったので、ある。

「だからさあ……、俺、まじで景野許せねえんだよなあ？」

　懐かしい回想から現実に戻ると、そんな声が聞こえた。

　カツカツと景野さんの前に歩みより、ずいっと近づく牙城くん。

　先ほどまで潤ませていた瞳は、いつのまにかメラメラと燃えていて、景野さんの表情もピシッと固まったのがわかった。

「……なにが許せないのかな？　牙城クン」

　めんどくさい、とあからさまに顔をしかめる景野さんと対照的に、牙城くんは黒い笑みを浮かべている。

　このふたりが仲悪いのは……、なんとなくわかる。

　波長は合うのに……、お互いがお互いを敵視しているというか。

　歩みよろうという態度がまったくないというか……。

　不穏な空気が流れ、わたしと七々ちゃんは彼らからいったん離れる。

　その間、七々ちゃんは縛られたわたしの腕と脚のロープをせっせとはずしてくれた。

　張りつめた空気がゆるんだからか、後ろで椎名さんが大きなあくびをしているのが見えた。

　それに、呆れた顔で淡路くんが椎名さんの背中を叩いている。

　【相楽】の人たちも非道だと聞いていたのに、中にはわたしたちのように涙している人もいて、噂どおりじゃない彼らに感動してしまった。

「俺さあ、わかってると思うけど、相当めんどい男なんだ

よね」
「もちろん知ってるけど」

　すかさずうなずく景野さん。

　あまりにも早い返答に、牙城くんの表情が複雑そうに引きつっている。

「百々も知ってんでしょ」

　七々ちゃんが、そう合いの手を入れてくるから、やめてよ、と口もとをゆるませながら反論した。

　そんなわたしたちに見向きもせず。

　景野さんに真っ黒なオーラを放っている牙城くんは、首を傾げ、口角を上げる。

「俺さー……、百々ちゃん泣かした奴、殺したくなるんだよね」

　バキ、と、指を曲げて嫌な音を鳴らす牙城くん。

　本気で怒っているのが伝わって、おろおろとするわたし。

　……まさか、ここで喧嘩がはじまっちゃう？

　いや、そもそもここにみんなが集まっているのはそれが理由なんだけど。

　わたしたち姉妹の事情で、中断している状況なんだけど。

　……さ、さすがに、もう、仲良くしませんか？

　至近距離で見つめあう牙城くんと景野さん。

　ふたりの間にバチバチと火花が散っている……。

　どうしたものかと頭を抱えるわたしの横で、七々ちゃんは面白そうにクスクスと笑っていた。

「へえ？　じゃあ、いまから殴りあいの喧嘩でもしようか？

もちろん、族総出でも、僕たちのタイマンどちらでもいい
けれど」

　牙城くんに負けず、額に青筋を浮かべて言う景野さん。

　いますぐにでも拳のぶつけあいがはじまりそうで、ハラ
ハラする。

　甘ったれた考えだってわかっているけれど。

　ううっ、お願いだから……、平和に終わろうよ……。

　わたしの願いは通じないし、総長ふたりの言いあいは終
わることを知らず。

「遠慮しとこうかな。百々ちゃんの前で死人出したら、さ
すがに百々ちゃんに嫌われちゃうかもしれないし」

「……【相楽】が負けるとでも？」

「あたり前じゃん。【狼龍】なめんな」

「口だけは達者な総長だな」

「どっちが」

　お互いを睨み、ふたりとも、一歩も引かない。

　口喧嘩をしているのはわかるんだけど……、どっちもす
ごく強いのはわかるんだけど……、なんだかすごく幼く見
えるのはなんで？

　いっこうに終わりを迎えない総長たちのバチバチに、居
ても立ってもいられなくなったのは、【相楽】のメンバー。

「祥華さーん。俺、お腹空きました」

「俺もっす。そろそろ飯食いに行きません？」

「ちなみに、俺もです」

「すみません、ボクも」

　口々に話しだすメンバーに、景野さんは「おいおいおい」
と焦りだす。

「おまえたち、【狼龍】を倒したくないのかい？　いまなら、
血の気の多い獣を刺すチャンスなんだぞ」

「オイ、誰が血の気の多い獣だよ」

「きみしかいないだろう。牙城クン」

「あ？」

　景野さんに噛みつく牙城くんを相手にせず、彼は【相楽】
のメンバーの説得を試みる。

「いや、いまは喧嘩よりも飯っす」

「ほら、祥華さん。お腹が空いて力が出ないってやつです」

「それ、アンパ○マンだよ」

「【狼龍】はまたの機会につぶしに行きましょ、ね？　祥華
さん」

　……すでに戦う気なし。

　メンバーのあまりの戦意喪失に、呆然とした景野さん。

　ぞろぞろと出口に向かう【相楽】の下っ端たちを見て、
牙城くんはケラケラ笑う。

「やっべえ、おもろ。景野、おまえ飯行けよ」

「……牙城クン、次は覚えてろ。消してやる」

「おーおー、待ってまーす」

「コロす」

　最後の最後まで仲の悪いふたりを見て、わたしと七々
ちゃんは笑いをこらえきれなくて吹き出した。

　……もちろん、牙城くんと景野さんにはじとっと睨まれ

たけどね？

　七々ちゃんと手を取って立ちあがり、一段落ついたことに安堵する。

　ここに来たときは、本当に絶望的な気分だったけれど。

　こうやってまた、七々ちゃんと笑いあうことができて。

　牙城くんの、ちょっぴり重い愛も健在で。

　【相楽】の人たちともいい関係を築けて。

　こんなにことがうまく進むなんて信じられなくて……、でも、いまはそのおかげでとても幸せな気分だ。

「あっ、ナナさんも来ませんかー？」

「そうですよ、祥華さんの彼女さんなんでウェルカムです」

「ってゆーかぶっちゃけ、ナナさんタイプです。俺」

「ナナさん。牙城とか祥華さんやめて、ボクにしませんか？」

　突然の【相楽】のメンバーのお誘いに、七々ちゃんは目を瞬かせて驚いている。

　ちなみに、景野さんは、焦って「やめろまじで」を繰り返し言っていて。

　きょとん、とした表情をしていた七々ちゃんは。

　今日はじめて、声を出して笑い、景野さんのもとへ駆けよった。

「そうかそうかーっ、祥華、わたしのこと大好きだものね」

「……うざいよ、ナナ」

　うざい、と言うわりには、景野さんの耳は少し赤い。

　後輩たちにからかわれ、はあーっとため息をついている。

「うふふ。でも、わたし【狼龍】の人間だから、【相楽】の

メンバーと食事なんてしていいのかって不安なんだけど」

　そう試すようにいじわるを言う七々ちゃんに、焦る景野さん。

「気にするな。僕がいいって言った」

「景野、もうなんだったら、七々を【相楽】に入れてやれよ。景野の女なんか、俺、胸くそ悪いわ」

「うわーっ、ナギ、わたしのこといらないって言った！」

「ナナ、僕のところに来い。牙城クンより、僕のほうが優しいから」

「えー、じゃあ、今日の食事会で決めようかなあ」

　３人の会話に、わたしの横で淡路くんと椎名さんが苦笑いしている。

「フットワーク軽いなあ、あいつら……」

「ほんっと、敵対してるってことわかってるのかなー……」

「いい意味でアホだよな、あの３人」

「まじでそれな」

　天下の【狼龍】と【相楽】の取りあい……！

　七々ちゃんはやっぱり人気者だなあ……、と心がほんわかしていたけれど。

　わたしにも、ついに飛び火はやってくる。

「祥華さんっ、俺、じつはモモさんに一目惚れしたんすけど！　誘ってもいいですか!?」

「待て、俺もなんだけど。ちょっとおどおどしてるのとかたまんなくね？」

「はっ、おまえら抜けがけやめろよっ、話と違うだろ！」

「ほわほわしてるモモさん可愛いっす！」

　ええええ……っ、と戸惑うわたし。

　たくさん褒めてもらってる……、んだよね？

　【相楽】の人たち、すごくいい人だ……。

　景野さんは、惚れっぽい彼らにもうあきらめたのか投げやりに言い放つ。

「もうなんでもいいわ、なんでも」

　それを聞いた七々ちゃんが、わざとらしくしょぼんとする。

「祥華はわたしが離れてもいいの？」

「ナナはだめだ。ていうかな、ナナを元気づけるためにモモちゃんを誘拐したんだけど。僕、がんばったつもりな」

「ほんと、付き合っているのに別れたかのような接し方だから驚いたよ？　おかげで百々とも仲直りできたから感謝してるけどね」

　気づけば、すでに景野さんは七々ちゃんとイチャイチャしていて。

　さらに、目を輝かせる【相楽】の人たちは総長のオーケーが出て、喜んでいる。

　もちろん、お誘いはとってもとっても嬉しいし、後日また誘ってもらえたらなあって……思うんだけど。

　……今日は、牙城くんにどうしても伝えたいことがあるから、ごめんなさい、しないとね。

「モモチャン、モテモテ〜」

　椎名さんがにやにやしているけれど。

「朝倉さん、俺ともどっか行こうね」

　淡路くんが爽やかに誘ってくるけれど。

　わたしは……、少し遠くにいる牙城くんのドス黒いオーラがとてつもなく怖いのですが……。

　わたしが断ろうと口を開いた瞬間、やはり牙城くんがわたしのもとにやってきて。

「俺の可愛い百々ちゃんは、絶対に誰にもやんねえよ。ばぁーーーか」

　突如、お姫さま抱っこをしてわたしを持ちあげた牙城くんは、呆気にとられる【相楽】のメンバーに舌を出した。

　……だから、牙城くん。

　不意打ちはズルいって、何度言ったらわかってくれるんですか……？

おさとうの牙城くん

「牙城くん、そろそろ降ろしてもらえないかな……？」

　ふたりで（わたしは牙城くんに抱えられて）、雨がやんで晴れた夜空の下、外に出たのはいいものの。

　いつまでもお姫さま抱っこを続ける牙城くんに、おそるおそる声をかけた。

　さすがに牙城くんの腕が心配だし、恥ずかしいし。

「降ろしてもらえると助かりマス……」

　おそるおそる伝えたけれど、牙城くんは聞く耳を持ってくれない。

「やだね。百々ちゃんは俺のって見せつけてんの」

「そんなことしなくても……」

「する必要はあるよ。俺、片想いだから、どーしても焦んの。威嚇（いかく）だよ威嚇」

　そう平然と答える彼に、そのために話があるんだよ……と目をつむる。

　もう……、片想いじゃ、ないのに。

　わたし、……やっと、自分の気持ちに気づけたのに。

　牙城くんが、離してくれない。

　それならば。

　……自分で降りるのみ。

「よっ……」

「うわ、……危ねえ」

　牙城くんの腕から飛びおりたわたしに、彼は慌ててわたしの身の安全を確認する。

　ケガをしていないか何度も聞いてくる牙城くんにうなずきながら、頬がだらしなくゆるむ。

　本当に心配性なんだから……、と呆れつつも、それすらも愛に感じて、うんと優しい気持ちになった気がした。

「……ねえ、牙城くん。わたし、これからいっぱい話すから、聞いてね」

　少しだけ、牙城くんから距離を取るわたし。

　不思議そうな表情をして、首を傾げる牙城くんに、にっと笑う。

　……牙城くん、いっぱいいっぱい待たせたね。

　出会ってからずいぶん時間が経ったけれど、いまもとなりにいてくれること、いさせてもらってること。

　本当はずっと、たくさん、ありがとうって伝えたいの。

　牙城くんと出会った日、わたしは、牙城くんが消えてしまいそうな人だと思ったんだ。

　儚いという言葉がいちばん似合う、銀髪の彼。

　わたしと出会って少しでもいい方向に変わったと言ってくれるのなら……、それだけで、わたしはとっても……嬉しいなあ。

「……牙城くんは、すっごく強引だし、適当だし、めんどくさがりで。授業はまともに受けないし、ほかの女の子には超塩対応だし、わたしに引っついてばかりだし。困ったなあ……って思う日も、たくさんあった」

266

　彼が転入してから、朝から帰るまで、ずっと牙城くんとの思い出しかない。

　毎日が牙城くんで埋め尽くされていて、なんだか彼のおかげで忙しなくて、なんでこの人にこんなに好かれたんだろう……なんて考えた日も少なくなかった。

「……お約束三か条なんて変なものは作るし、男の子には威嚇するし。禁煙だからって毎時間、棒付きキャンディばかり食べてるし。牙城くんという人が、すごく謎に包まれていて、でも、一緒に過ごす時間は……本当にとても楽しかったの」

　牙城くんは、不思議な人だ。

　みんなを魅了し、愛され、でも、なにがあってもわたしに一途な人。

　そんな人を嫌いになんかなるわけなくて。

　恥ずかしくて拒絶ばかりしていたけれど、恋心が芽生えるのは必然的で。

「あの日、あの場所で牙城くんと出会ったのが……、わたしでよかったって……思うんだ」

　もし、あのときわたしじゃない人が牙城くんに声をかけていたら？

　きっと、いまとは違う未来が待ち受けていたに違いない。

　七々ちゃんに去られ、苦しんでいた牙城くん。

　そんなときに、彼に出会ったわたし。

　……お父さんが言っていた、神と愛の導き。

　それは、あながちフィクションでもなんでもなかったの

かもしれないなって、思っちゃったんだ。

それまで黙って聞いていた牙城くんは、小さく言う。

「俺は、あのときに百々ちゃんに出会ってなくても、絶対、百々ちゃんを好きになってるよ」

……もう。

照れることを真剣に言う牙城くんは、いつものペースだ。

嬉しい言葉のおかげで、まだまだ言いたかったこと、忘れそうだよ。

「……うん、わたしもそう」

わたしも、牙城くんのこと、なにがあっても絶対絶対、好きになってた。

その未来しか、考えられない。

きみと出会わない未来なんて、そんなのきっとなかったんだもん。

いままで、牙城くんにばかり愛をもらってきた。

愛が重いよ、って笑っちゃうときだってあったかもしれない。

でもね、今度はわたしの番。

牙城くん、覚悟しててよ。

わたし、たっくさん、牙城くんに……大好きって伝えるから。

わたしの言葉に、ぴくりと反応した牙城くん。

みるみる目が大きくなり、かすれた声で問うてくる。

「わたしもって、それって、百々ちゃ……」

動揺している牙城くんに駆けよって。

　揺れる銀髪の彼を、思いっきり、抱きしめた。

「大好きだよ……っ、がじょーくん！」

　ぎゅーーーっと、痛いほど抱きしめる。

　そのとたん、牙城くん大好き、しか頭に残らなくて、愛おしさしかなくて、とにかく離れないように、強く強く彼を包んだ。

　わたしから抱きしめる彼は、なんだか頼りなくて。

　本当は繊細で弱いんだよなあ……、と、自分だけが知っている牙城くんに、また愛おしさが増す。

　こんなに素敵な人に、愛されていたんだ。

　逃げていてばかりのわたしが、情けない。

　早く、気づけばよかったのに。

　勇気を出して、彼と抱擁（ほうよう）をしたのはいいものの。

　……あれ？　反応が、ない？

　いつまでもなにも言葉を発しない彼に、だんだんと不安になってくる。

　まさか、……聞こえてない？

　いや、もしかして……、わたしのこと、もう好きじゃないのかも。

　ひいい……っ、と、泣きそうになった瞬間。

　聞こえたのは、大まじめな、だけれど頼りないようなひと言だった。

「ちょ、待って、俺百々々ちゃん好きすぎて幻聴聞こえみたいだから落ち着かせて。ごめんな、まじで待って」

「……え？」

「俺、そろそろやばいかも……。百々ちゃんが、俺のこと大好きだよとか言ってて、もうこれ現実じゃないことに泣けてきたわ……」

　げ、幻聴……？

　やけに牙城くんが冷静だと思ったら……、わたしの告白を、幻聴だと思ってる？

　ひとりで唸っている牙城くんをちらっと盗み見る。

「やべーやべー……」

　泣きそうになっている彼を見たら……、緊張なんて、どこかにすっ飛んで。

　もう……、それでこそ牙城くんだ！と、また強く、抱きしめたんだ。

「幻聴じゃないよ……っ、ほんとに、大好き。牙城くん」

「……なあ、まじで？　これで嘘とか言われたら俺、もう本気で立ち直れない」

　それくらい、わたしのこと、好きでいてくれてるってうぬぼれてもいいかな？

「本当に本当っ！　牙城くん、信じて……？」

　そっと体を離し、目を合わせる。

　牙城くんを見上げたわたしに、彼は美麗な顔を少しゆがめて。

「百々ちゃん、好き」

　突然の告白返しをしてくる。

「百々ちゃん、ほんとに好きだよ。もう、好きとか超えて大好き、愛してる」

「……うん、わたしも」

「……百々ちゃんの"わたしも"の破壊力に俺、まじで涙出そう」

「涙よりも、笑顔が見たい」

　わたしがそう言えば、牙城くんは、さっきのわたしのように、ぎゅっとわたしを、広い腕の中で包みこむ。

「あー……、俺、いま人生でいちばん幸せかも」

「ええっ……」

「もうさ、俺、まじで百々ちゃんしか世界にいなくていいと思ってるし、何度も言ってるけど、なんなら百々ちゃん監禁したいって常日頃考えてるよ」

「つ、つねひごろ……」

　しっかり真顔だから、笑えない……。

　わたし、とんでもない人に捕まっちゃったなあ……って思うけれど。

　やっぱりね。

　溺れて苦しいくらいの牙城くんの愛が、わたしには必要だったんだ。

「……監禁は、さすがに、無理だ、……けど。わたし、牙城くん以外の男の人なんて……見ないから、安心していいよ……？」

　牙城くんを不安には、させたくないから。

　伝えられることくらいは、たくさん言ってあげたいな。

　しどろもどろになって答えるわたしに、牙城くんは目を見開く。

　……わたし、変なこと言ったかな？

　心配になって、彼の腕の中でひとり焦ってしまう。

　ううっ……、早くなにか言ってよ……。

　恥ずかしくって、不安で。

　返答を待ち続けるわたしに、牙城くんは、いままで見たことがないほど……うんと幼くてやわらかい笑顔を向けてくれたのだ。

「百々ちゃんのそういうとこ、一生惚れる」

　とびきり甘い笑顔でささやいた牙城くんは、わたしの腰を引き寄せて、至近距離で目線を交わせる。

　……ち、近いっ！

　だ、だんだんと、さらに近づいてくる……！

　綺麗すぎる牙城くんのお顔に耐えきれなくなり、思わず目をそらす。

　すると、牙城くんはさっきとは打って変わっていじわるな笑みで、わたしを誘うのだ。

「……ね、百々ちゃん。いま俺が考えてること、わかるでしょ？」

　……そんなの、ズルい。

「うっ……、わ、かんないよ……」

「嘘ばっか。ほら、わかってるなら言えよ」

　牙城くんのばかっ。

　彼を弱々しく叩きながら悪態をつくわたしにさえも、牙城くんは微笑んでくる。

「可愛いね」

　ここまでくると、……もう、完敗。

　観念して、白旗を上げることにする。

　彼の腕が回される腰。

　交わる視線。

　……近づく唇。

　ぜんぶ、意図的に牙城くんが仕向けたもの。

　つまり……、牙城くんが、いま、考えてること。

「……キスしたいんでしょ、牙城くん」

　真っ赤な顔して言うわたしに、牙城くんはにやにやが止まらないらしく。

　セーカイ、と言わんばかりの自信に満ちあふれた表情を見れば、もう降参だって思っちゃう。

　こんな幸せそうな牙城くんが見れるなら……、負けてもいいかなって、……とってもとっても愛おしいって話。

「はっ、……もーほんと、カワイーね」

　とたんに彼の唇が重なってきて、まんまと捕まる。

　甘く熱を灯すキスに、通じた気持ちも相まって、止まらなくなる。

「……っん、が、じょ、く……っ」

　苦しい、息がもたない。

　……それでも、離してほしくない。

「……しゃべっちゃだめ、しんどいでしょ」

「う……っ、んん、」

　目を薄く開けて見た牙城くんは、色っぽくて。

　濡れた唇が、恍惚で。

瞳は、餌を見つけた獣のように爛々と光っていた。

角度を変えて、何度も何度も繰り返されるキス。

牙城くんは止めてくれる気配などなくて、わたしも止めようともしないで、噛みつくようなキスを受け入れていた。

「がしょ、くっ……も、無理っ……」

「……ん、もう無理なの？　あとちょっとね」

「う……、いじわ、る、んっ……」

「そーだね、俺、もう我慢できないから。ごめんね？」

そう言う彼は、まったく悪びれもなく。

わたしが彼の胸を激しく叩くまで、……永遠と解放してくれなかった。

終わったあとに、はあはあ荒れた息をするわたしに、牙城くんはうっすら笑う。

「……ね、もっかいしてい？」

「だ、だめに決まってるでしょ……っ？」

う、嘘でしょ……!?

わたしはあれでもうヘナヘナなのに、なんで牙城くんはまだ余裕そうなの!?

……わたしが体力ないだけ？

それにしても……、牙城くんはいじわるすぎない？

ありえない……っ、と唖然とするわたしに、牙城くんは唇を尖らせて抗議してくる。

「だって、せっかく百々ちゃんと両想いになれたんだからさ。実感するためのキスは長めじゃないと足りないじゃん」

「け、けっこう長かったよ……っ？　もう、あれでじゅう

ぶんじゃ……」

「え、ぜーんぜん？」

　とびっきり小悪魔な表情をした牙城くんは。

　かすめるようなキスを、わたしの唇に落とした。

「……っな、な、なにして……っ！」

「え？　なにって、キス？」

「いいい言わなくていいよ……っ！」

「えー？」

　絶対、絶対、この人、わたしのことからかってる……！

　だって、語尾に“（笑）”が付いてるんだもん！

　よくないよくない！と怒るわたしの膨れた頬を、ふにふ
にと牙城くんは触ってくる。

「き、嫌いっ……、牙城くんなんて、嫌いだもんっ……」

　嘘だよ、大好きだけど……！

　いじわるしすぎる牙城くんは、やだ！

　プイッとそっぽを向くわたしに、牙城くんはなおも楽し
そうな表情を崩さない。

「何度も大好きって言ってくれた百々ちゃんが俺の目に焼
きついてるのは、なんだろうね？　幻覚かなー？」

「むっ、……それは、現実だけど」

「だよね、じゃ、こんな俺も……、どーなの？　百々ちゃん」

　ああ、……牙城くんの全勝だ。

　こんなにも、牙城くんが主導権を握ると大変だなんて、
知らなかった……。

　どうすれば、牙城くんの余裕を崩せる？

　いつかのデジャヴ。

　そうだ、牙城くんは確か、わたしからのキスに弱かったよね……？

　あれは、本当に本当に恥ずかしいけれど。

　やられっぱなしは気に食わないよ。

　……仕返し、したいんだもん。

　わたしの言葉を律儀に待ってる牙城くん。

　その余裕な表情……、お願いだから、崩してね？

「だから、……がじょーくんっ愛してるっ！」

　ちゅ、と背伸びをしてキスをする。

　大好き、って伝えるために。

　牙城くんが喜ぶなら、何度だってするよ。

　……さすがに、しすぎたら禁止令……出すかもだけどね。

　はたから見たら、バカップル。

　重すぎる愛は、一方通行じゃない。

　ゴールはないけど、受け止めてくれる相手はいる。

　だからね、牙城くん。

　これからも、……たくさんたくさんわたしに好きを与えてね？

　わたしも、同じくらい……ううん、もっと多くの愛をあげるから。

「俺、ほんっと……百々ちゃんに弱いわ」

　はーっと頭を抱える牙城くんの顔は赤い。

　世間では最強なくせに、わたしだけには弱いって言ってくれるきみが好き。

　わたしの前では、甘えたな、いじわるな、きみが好き。

　ずっとずっと、一緒にいたいって思わせてくれるきみが
好き。

　牙城くんが……、大好きなの。

「……ね、牙城くん」

「ん、……どーしたの百々ちゃん」

「ううん……、呼んでみたくなっただけだよ」

「まじ可愛い」

「……なんだか親ばかみたいだよ、牙城くん」

「ちげえよ、彼氏ばか。百々ちゃん限定」

「……えへへ、好き」

「可愛すぎて泣かせにきてるよね。俺も好き」

　わたしの体を引き寄せて、優しく頭を撫でる牙城くんの
温かい手に安心する。

「百々ちゃんは誰にもあげない。ほんと手放せない」

「牙城くん以外の男の子になびいたりしないよ……？」

「最高。こんなに可愛いの、俺だけ知っていたらいいわ」

　どれだけ回り道したっていい。

　牙城くんが、笑顔でわたしのとなりにいてくれるなら。

　それだけで、わたしは幸せ。

　……ね、牙城くんはどう思う？

「……あーあ、俺、いますっげえ幸せ」

　ほらね。

　牙城くんは、……笑った顔がいちばん似合うんだ。

好きすぎてたまらない【渚side】

「……椎名、まじで百々ちゃん可愛すぎるんだけどさ、どうしたらいい?」

「は?　なに、知らねえし、俺に聞くなってば」

第3土曜日。

【狼龍】の集まりの場で、総長と副総長、つまりふたりだけの部屋で椎名に問いかけた。

スーツを着せられ、息苦しい。

今日も【相楽】が【狼龍】を倒そうと息巻いているという話題を永遠と続けなければならない。

めんどさくて、思わず息を吐く。

いつまでも【狼龍】撲滅(ぼくめつ)に執着する景野の、うさんくさい表情が目に浮かぶ。

……ほんっとさあ、そろそろ景野、あきらめろよ。

そう思う俺だけど、百々ちゃんのことを考えたら頬がゆるんでしまうわけで。

冒頭(ぼうとう)のように問いかけた俺に、椎名は心底嫌な顔をした。

どうでもいい、と言われている気がして、ムッとする。

だけど、椎名と口喧嘩したいわけでもないし、それは時間を食うので、とりあえず言いたいことを一方的にペラペラとしゃべることにした。

「でもなあ……、最近百々ちゃんを七々に取られて最悪なんだけど……」

　七々は、あれからめっきり【狼龍】との関わりが少なくなった。

　エミともあまり連絡を取っていないらしく、不良から足を洗ったらしい……という噂も飛び交っている。

　それはなぜかというと、七々の事情が母親にバレ、それから百々ちゃんも交えてたくさん話しあった結果、これからは高校生らしく過ごすことに決定したからだった。

　七々がまじめに高校へ行くようになり、家族との時間が増えたことで、百々ちゃんの笑顔も増えた。

　それは嬉しいことだし、いいことなんだけれど……。

「ナギくんさ、しょうがないでしょ。モモチャンにとって家族との時間は、大事なんだから」

　……椎名の言うとおり。

　俺との時間を削って（百々ちゃん言い方重くてごめん）家族との時間を増やした百々ちゃんはなにも悪くない。

　……俺が、寂しいだけなんだよなあ。

　ほんっと厄介な男だな、俺、と改めて自嘲しながら、ため息をつく。

　そんな俺に、椎名はスマホを見ながら声をかけてくる。

「なあ、ナギくん」

「……なに？　いま百々ちゃん不足で半ギレの俺でいいならドーゾ」

「俺の花葉が可愛いって話でもする？」

「まっじでいらねえ」

　そういや、こいつら付き合ったんだっけ。

　あんまり詳しくは聞いてないけど、そうだったような気もする。

　椎名と橘の組み合わせは異色だと思えるけれど、まあ、ふたりがよけりゃ、なんでもいいと思う。

　なにより百々ちゃんが椎名たちのことを嬉しそうに話してくれるのが可愛いから、俺としてはなんの問題もない。

「ナギくんは自分勝手なこと」

　ケラケラと笑いながら俺をちらりと見た椎名。

　白に近い金髪が、ただ色素が抜けて面倒だから放置しているだけだということは、俺しか知らない。

　オンナって面倒だよねえって毎日のように嘆いていたプレイボーイが、こんなにも一途になって驚いているのも、きっと俺だけ。

　橘、こんな椎名みたいな男と付き合って大丈夫か心配なんだけど……、とはじめは思っていたけれど。

　幸せオーラ全開の椎名を見れば、そんな不安もいつしかなくなっていた。

　会話がなくなり、室内には沈黙が続くなか。

　コンコン、と扉をノックして、入ってきたのは紫苑と廉だった。

「渚さんっ、美耶さんっ、失礼しまっす！」

「……失礼します」

　紫苑と廉って、いつ見ても対照的。

　お互いがお互いを信じあっているのか、いつも一緒にいるように思う。

　こいつら、いつか俺らの席に座ってくれないかな、と密かに思っているのはきっと椎名も同じだ。

「どーした」

　尋ねた俺に、紫苑がまぶしい笑顔で最初に口を開いた。

「俺……、あのとき渚さんに頼られて、すごく嬉しかったです」

　照れくさそうに微笑む紫苑。

　その横で、廉も静かにうなずいている。

　あのとき、と言われ、うっすらと思い出す。

　百々ちゃんがさらわれ、情緒が不安定になったときに、俺がした、ふたりへの頼みごと。

『……ちょっと手伝ってくんない？』

　そう、俺が試すように聞いたとき。

　ふたりが元気よく承諾してくれたことが、強く心に残っている。

『も、もちろんですっ』

『俺たちでよければ……』

『ん、おまえたちがいい。……七々を、呼んで。俺は会いたくねえから、そのまま【相楽】のところへ向かわせてくれたらいい』

『えっ、でも……そんな大役、俺らがやってもいいんでしょうか……？』

　七々、と言ったとたん、嬉しそうに声がうわずっている紫苑とは対照的に、廉はおずおずと尋ねてきた。

　……廉は、ほんと、……椎名みたいな男だよなあ。

　冷静にものを見て、猪突猛進タイプの紫苑を、陰ながら支えている。

　やっぱり、俺らのあとはふたりしかいないなあ、と思いながら、うなずいて。

『言ったじゃん。紫苑と廉がいい、って』

　七々を呼ぶなんてこと、ふたりからすれば恐れ多いことだったのかもしれない。

　それでも、急いで七々を向かわせてくれた彼らに、感謝していた。

「俺も……、俺らなんかでいいのかって思ったんですけど。渚さんが信頼してくれてるって思って……、とても嬉しかったです」

　いつしか、椎名が、【狼龍】のことを任せきりだった俺に、言っていた言葉を思い出す。

　下っ端は、たくさんいるけど。

　その中で、俺らを憧れだと慕ってくれてる人はいて。

　……そいつらを、育てるのは楽しいよ。

　ナギくんも、早く目覚めろよなあ？

　……あーあ、やっぱり椎名が、【狼龍】を守ってくれていたんだと改めて気づく。

　……紫苑と廉が、【狼龍】でよかった。

　本心で思ったけれど、気恥ずかしくて、言葉にできない代わりに強くうなずいた。

「あと……、渚さん。ちなみになんですが……」

　会話終了かと思いきや。

　俺の顔色を見ながら尋ねてくる紫苑に、目を向ける。

　いまから紫苑が言うことに心あたりがあるのか、廉は気まずそうに目をそらしていて。

　なに？と首を傾げる俺に、紫苑はおずおずと言葉を発した。

「渚さんと、モモさんって……、付き合ってるんでしょうか……？」

　……あ？

　やべえ、笑顔が凍った気がする。

　俺の顔を見て、廉が急に青ざめたのも気のせいではなさそう。

　紫苑、おまえ、敵なしかよ。

　百々ちゃん命の俺に、よくそんなこと聞けたな。

「付き合ってるけど、なんか文句ある？　紫苑」

　紫苑に向けて、牽制（けんせい）の意味も込めてにこっと微笑んだ。

　俺の意図がわかったのか、紫苑は突然慌てだす。

「やっ……、あの、モモさんに一目惚れしたとか、ち、違うんですよ……？」

　ほら、その慌てよう。

　廉も、おまえ見て、ため息ついてるって。

　反応がオーバーで、誰が見たってわかるだろ。

　……墓穴（ぼけつ）掘ってるわ、ばか。

　百々ちゃんに一目惚れしたであろう紫苑を見つめ返す。

　……そうだよな、百々ちゃんまじ可愛いもんな。

　顔だけじゃなく、優しいしふわふわしてるし癒されるもんな。

　なんっつうか、男心をくすぐる女の子だよな。

　俺がこの世でいちばん共感できると思うけど……、なんか、ムカつくね？

「紫苑。悪いけど、俺、渡さねえよ？」

　誰を、とは言わなかった。

　わざと明示しなかったのは、百々ちゃんは俺の、という見せつけ。

　後輩には申し訳ないけど、絶対百々ちゃんだけは譲れねえの。

　あんな素敵な子が、俺を好きだなんていまだに信じられない。

　毎日寝るのが怖いし、目が覚めたら夢でした、みたいなオチを本気でずっと心配しているくらいだし。

　百々ちゃんに出会ったときから、なにも変わらない。

　最初に百々ちゃんに声をかけられたときは、七々だと錯覚した。

　ずいぶんゆるい話し方をするようになったな、とか。

　さっさとどっか行ってくれねえかな、とかしか考えてなくて。

　ひとりにしてほしい、って本気で思っていたけれど。

　持っていた絆創膏ぜんぶ俺にくれたり、カーディガンを羽織らせてくれた彼女をよく見ると、ぜんぜん七々に似て

いないことに気づいたんだ。

　冷たい世界で生きていた俺にとって、怖がらず怯えず、ふつうに話しかけてくれて温もりをくれた百々ちゃんに惹かれるのは必然で。

　俺には百々ちゃんしかいないって。

　重いけど、そうとしか考えられなかったんだ。

「……俺、渚さんみたいな人になりたいです」

　悔しそうに、でも清々しく、紫苑は言う。

　紫苑の言葉を反芻するも、思わず首を横に振りそうになった。

　……俺みたいな人、って。

　絶対、ならないほうがいいと思うけど。

　それくらい、憧れてくれるのは痛いほど身にしみた。

　俺が、こんなにも慕われるなんて七々や百々ちゃんに出会う前は想像もつかなかったことだから。

　……こうやって言ってくれるのって、なんだかんだ嬉しいもんだよなあ。

　自然と口角が上がる俺の横で、椎名が少し、目尻を下げているのが見えた。

「紫苑は、紫苑のままでいいよ。俺みたいにはならないほうがいい」

　なんたって、俺、前科めっちゃあるからさ。

　過去は面倒だし、大好きな子には重いし、族のことも適当だし。

　なんでこんな俺を敬ってくれてるのかわからないけれ

ど、紫苑は紫苑のままでいてほしいと思った。

　俺の言葉に、目をぱちくりとさせた紫苑。

　まだまだ幼いな、なんて、親目線で思うけれど、言って
もひとつしか歳変わらねえんだよな。

　1年前の俺よりもうんと立派で。

　こんな俺を、ずっと慕ってくれている紫苑へ。

　ごめんね、百々ちゃんはなにがあってもあげない。

　でもさ、紫苑に愛される未来の女の子は、きっと幸せに
なるんじゃない？

　クスッと笑って言えば、紫苑は嬉しそうに大きくうなず
いたのだ。

「俺、渚さんみたいに……、ビッグになります！」

　高らかに宣言する紫苑に、苦笑いする。

　……やっぱ、こいつ、可愛いかも。

「え、俺ビッグなの？」

　笑って言う俺に、紫苑は当然だとでもいうように、大ま
じめにうなずいた。

「俺ら【狼龍】の下っ端にとったら……、渚さんは、すご
くすごく手の届かない大きな存在で……、本当に素敵な人
です」

　手の届かない……、大きな存在、か。

　ぜんぜんそんなことないし、俺だってみんなとなにも変
わらない。

　そう思ったけれど、キラキラと明るい瞳を向けてくる紫
苑には言えなかった。

「ん、……そっか、ありがとうな。紫苑。それに廉」

　そう言う俺を見て、紫苑と廉は微笑んだ。

「失礼しましたーっ」

　と、満足したように部屋から去っていったふたりを見届け、またもや椎名とふたりきりになる。

　ふたりが出ていった扉のほうを見つめ、

「あいつら可愛いな」

　と俺が言えば、椎名はくつくつ笑ってつぶやくのだ。

「ナギくんがこんな面倒見よくなるとか、過去の俺に教えてあげたいわー。絶対めっちゃ驚くよ」

　目を細める椎名に、唇を尖らせて反抗する。

「俺だって、彼女一途になった椎名を教えてあげたいわ。ま、信じてくれねえだろうけど？」

「俺はもともと遊んでなんかないよ？　ただ両手に花で十分だったからさ」

「……椎名さ、もうそれ、クズ発言って気づいて」

「え、俺ってクズなの？」

　自覚のない椎名に、百々ちゃん超一途の俺が極意を教えてあげようかと思ったけれど。

　……まあ、椎名は椎名のままでいいんだよな。

　橘も、こんな椎名を好きになったんだし。

　本人たちが幸せなら、俺が口出しすることじゃない。

「なあ、百々ちゃんに会いたいから会ってきてもいい？」

　人の恋路を考えていたら、急に百々ちゃんに会いたくなった。

　集会終わったら会おーね、ってはにかみながら言ってくれた百々ちゃんを思い出す。

　……あー、いますぐ抱きしめたい。

　なんでここに百々ちゃんがいないのか、意味がわからなくなってきた。

　……や、そもそも、こんな野蛮なところに大切な彼女を連れてくるわけないんだけど。

　ほかの男に見られるのも嫌だし、あの一件で、百々ちゃんのファンが急増したし。

　百々ちゃんと1秒たりとも離れたくない俺にとっては、男だらけのむさ苦しい集会はさっさと終わってほしいもので。

　椎名に突拍子もなく尋ねると、呆れたように目を細められる。

「……ナギくんさ、ちょっとはモモチャン離れすれば？　あんまり重いと嫌われるよ」

「百々ちゃんは、重くても俺が好きなの。心配ご無用」

「……その余裕はどこから来るんだよ」

　はあーっと長いため息をついた椎名は、頬杖をついて考えこんだ。

　俺が総長らしくないせいで、いつも椎名が族をまとめてくれているのは、ちゃんと感謝している。

　これからは、柄にもなく恩返ししたいなって考えてるけれど……、百々ちゃんのことになると別。

　椎名もそれがわかっているのだろう、もうあきらめた様

子で言い放った。

「……集会はじまるギリギリ５分前には戻ってくること。その代わり、あとでちゃんと総長として仕事はしてよ。頼むから」

「ん、椎名さすが」

「ハイハイ、もうナギくんの扱いに関しては慣れたもんだって話〜……」

　さっそく百々ちゃんに電話をかける俺に、もうなにも聞いてこない椎名。

　メッセージ画面を開いてるところから予測するに、椎名だって橘とやり取りしてるんだろう。

　少しゆるんだ頬を見て、なんだかこっちも幸せな気持ちになった。

　３回ほどのコール音。

　少し長めに待てば、百々ちゃんの慌てた声が耳に入ってきた。

　やわらかくて、優しいトーン。

　いつ聞いても落ち着く、百々ちゃんの声に安心する。

『……っが、がが牙城くんっ、え、エスパー……!?』

　それなのに……、百々ちゃんはいったいなにを言ってるんだろうか。

「え、なに？　エスパーって……、どういうこと？」

　いや、俺、まったく百々ちゃんの考えてることなんてわからないんだけど。

　いつも百々ちゃんの謎行動に癒されてるレベルだし。

開口一番のそれに戸惑う俺。

あたふたしている百々ちゃんはよくわからないけれど、もちろん今日も可愛すぎる。

『うっ、……えと、がじょーくんは、わたしに会いたくて電話してくれたんだよね……？』

集会は大丈夫なの？なんて無難なことを聞かないところが、さすが百々ちゃんだと思う。

俺の心を読めるのは、きみのほうでしょ。

「そーだよ。百々ちゃん不足でどうにかなりそう」

答える俺に、電話越しで百々ちゃんは小さく言った。

『あのね……？　わたしがすごく牙城くんに会いたいなあってスマホを眺めていたら、ちょうど牙城くんから電話が来たから……、エスパーだって思ったの』

……ねえ、わかる？

俺が百々ちゃんに沼る理由、わかる？

……ほんっと、こういうところ。

俺が不安になる必要がないくらい、無自覚に好きを伝えてくれるところ。

「百々ちゃん、俺、エスパーじゃないけどさ。とりあえず、百々ちゃんを抱きつぶしたいって話でもしよーか？」

『だ、だきつぶ……っ!?』

素っ頓狂な声をあげる百々ちゃんに、ふっと笑みがこぼれた。

……あーもう、ほんっと愛おしい。

俺、こんなに幸せでいいのかな。

　百々ちゃんが彼女だなんて、俺、一生ぶんの運を使った気がする。
「ん、早くおいで、百々ちゃん」
『う～～っ、行く……っ』
　電話越しに聞こえる震える声ですら、もう愛があふれ出るんだから仕方ない。
　行く、ってやばくね。
　可愛すぎるにもほどがあると思うんだけど。

　百々ちゃんの家に向かう道。
　俺が行くから待ってて、なんて一人前に言ったくせに。
　……目の前から走ってくる百々ちゃんを見つけたとたん、すべての感情が吹きとんで、駆けよってくる大好きな彼女を包みこんだ。
「うへへっ……、がじょーくんだ……」
　走るの苦手なのに、俺に会うために急いでくれた愛おしい彼女。
　これだから、また、……もっと離したくなくなるんだよ。
　百々ちゃんのやわらかい髪を撫でながら、……なんだかすごく幸せすぎて、うなずくことしかできなかった。
　道端でのキスは、何回めだろう。
　お互いの愛を貪るように、何度も何度も合わさる唇。
　土曜日の真っ昼間。
　さすがに外で熱いキスをしている俺らはだいぶ視線を集めているようで。

「あーっ、あのひとたち、ちゅーしてるっ」

　ひとりの小さい男の子に指を差されてから、やっと俺たちは密着した体を離した。

　気まずそうに叱っている男の子の母親と目が合い、爽やかな笑顔を作って会釈した。

「……わ、わたしってば、なんてこと……っ」

　いまさらになってけっこう恥ずかしいことをしていたことに気づいた百々ちゃんは、真っ赤になって俺の胸を弱い力で叩く。

　俺からすれば、百々ちゃんなんか非力だし、正直言うと猫パンチだし。

　守ってあげたい女の子、それだけなんだって。

「もーもーちゃーん」

　俺、まだ足りないよ？

　そんな目で訴えかければ、百々ちゃんはさらに顔を赤くさせる。

「ううっ……、でも、こんなところじゃさすがに……」

「さっきしたじゃん」

「あれはっ……、違うのっ！」

　こんな可愛い百々ちゃんを見たら、またいじわるしたくなる。

　でも、さすがにいじめすぎたらすぐに嫌われそうだから、このへんにして。

　そっと、俺よりも小さい手を取り、ぎゅっと包みこんだ。

「なら、俺の家でも来る？」

　にっ、と笑った俺に、百々ちゃんはコクリと恥ずかしそうにうなずいた。

　それだけで、俺はノックアウト。

「ほんっと可愛いね」

　そう俺がつぶやけば、百々ちゃんはそっぽを向く。

「もうっ……」

「一生離してあげないから、その覚悟はしててね。百々ちゃん」

「それは、こっちのセリフ！」

「ふは、可愛いね」

　あのとき、百々ちゃんが景野にさらわれたとき。

　彼女が、苦しそうに言った言葉が、いまも忘れられない。

『……いい加減離してよ、……牙城くん』

　あれがトラウマだって言ったら、百々ちゃんはどう思うかな。

　やっぱり、愛が重いって言う？

　それとも、ごめんねって謝る？

　どっちにしろ、嫌だから、秘密にしておくけどね。

　その代わり、これからたくさん大好きって伝えてくれたら、もうなんでもいいよ。

　それだけで、本当に俺、幸せだから。

　俺の言葉に小さくうなずく百々ちゃんは。

　そっと俺の手を握り返しながら、ふわっと天使みたいな微笑みを向けてくる。

　そのあまりの可愛さに力を失いかけていると、彼女は、

いま、俺がいちばん欲しい言葉を発してくれた。

「……もう、離さないでね？ ……渚、くん」

　破壊力抜群の名前呼び。

　嬉しすぎて混乱しすぎている俺を、百々ちゃんはさっさと置いていく。

　耳が赤いから、照れてるんだろう。

　俺を喜ばせようとしてくれたんだって。

　そんな優しささえも、大好きで、もうそれしか思い浮かばなくて。

　あーもう……、降参。

　俺、死ぬほど百々ちゃん大事にするよ。

　だから、おとなしく俺に愛されてね、百々ちゃん。

「……ん。あたり前、……ね？」

　もう無理って言っても、離してあげない。

　誰かに欲しいって言われても、あげない。

　それくらい、俺を夢中にした百々ちゃんが悪い。

　もう、可愛すぎる百々ちゃんが、俺を好きなのが悪いんだって。

「牙城くん、大好き」

　こんなにも愛おしくて健気な彼女を。

　強く強く抱きしめて。

「苦しいよ」

　呆れられながら笑って言う百々ちゃんに、我慢しきれずキスを落としたのは言わなくてもわかる話。

Fin.

☆
☆
☆
☆

* 番外編 *

ほしがりな牙城くん

「え……集会?」

「そー、急だけどいまから来てくれない?」

　第3土曜日。

　恒例の、月に1回の【狼龍】の集会。

　土曜補講として学校の授業に出たあと、屋上で牙城くんに膝枕をしながらまったりしていると。

　彼はしかめ面をしながらそう言ったのだ。

　どうやらわたしに、族の集まりに参加してほしいらしい。

　牙城くんが総長としてまとめている姿を見られるのはとても魅力的なお誘いだと思う。

　でも集会ってことは、たくさんの人が集まって敵対している族とのこととかを話しあう……んだよね?

　わたしが行っても、じゃまになっちゃう予感しかしないんだけど……。

　困惑しているわたしに気づいたのか、なおしかめ面をやめない牙城くんは嫌そうにつぶやいた。

「紫苑が百々ちゃんを連れてこいってうるせーの」

「え、紫苑くんが……?」

　ぽんっと明るい笑顔の男の子の顔が思い浮かぶ。

　ナナちゃんと仲直りしたあの日以来、面と向かって話していない彼の無邪気な笑顔を懐かしく感じる。

『モモさんっ!』

　紫苑くん、懐いてくれてたもんなあ……。

　久しぶりに廉くんにも会いたいし、いまの【狼龍】の雰囲気が気になる。

　少し楽しみな気持ちが増して、前向きに考えていると。

「いやほんとは百々ちゃんには来てほしくないんだよな」

　不機嫌な牙城くんは、わたしの頬に手を伸ばし、つねってくる。

　むに、っと頬が伸び、ちょっぴり痛い。

「いひゃいよ、がじょーくん……」

　訴えるも、やめてくれない。

　そもそも、誘ってきたのは牙城くんなのに、来てほしくないってどういうことだろう。

　たしかにさっきからずっとこの調子で浮かない顔をしているし、本音は嫌がっているのは一目 瞭 然。

　うーん……、じゃあわたしはこのお誘いを断ったほうがいいのかな……？

　どうしたものかと困っていると、彼ははあーっとため息をついた。

「百々ちゃんは、俺の彼女じゃん。なんで飢えた男だらけのところにわざわざ百々ちゃんを連れてかないといけないんだよ」

　そう言うと、わたしの頬から手を離し、彼は手持ち無沙汰に腕を下ろした。

　う、飢えた男だらけ……。

　言い方がなんとも言えなくて苦笑い。

　牙城くんは、極度の心配性。

　愛されてるのはもちろんわかってるけど、やっぱり杞憂なことが多い。

　んー……、そんなに心配することもないと思うんだけどなあ。

　【狼龍】のみんなも悪いふうには思わなかったしね。

「こんな可愛い子、とって食われるわ。まあ、まさかそんなことさせるわけないけど」

「わたし、牙城くんから離れないよ……？」

「んーでも、どうせ百々ちゃん狙ってる奴らいるしなあ」

「牙城くん以外とはお友だちとして接するよ？」

「え、なんでそんな可愛いわけ？」

　自問自答を繰り返す牙城くん。

　いまだに牙城くんの言う「可愛い」には慣れない。

　毎日挨拶のように褒めてくれるから、免疫はついてるはずなのにな。

　そうこうしている間も、牙城くんはまだ迷ってるみたい。

　ウンウン唸って考えこんでいる。

　もう、そんなに考えなくてもいいのに……。

　どうしようかとこちらも頭を悩ませていると、ぱっといい案がひらめいた。

　たぶん……、牙城くんの決断を左右させられるのは、わたしの言葉だ。

「あーあ、こんな可愛い彼女見せたくねえなあ」

　どんどんわたしが行かない方向へと話が進められていく

299 番外編 *》》 299

けど。

　わたしはというと、みんなに会いたい気持ちが強くなり、集会に顔を出したい気分になってしまったわけで。

「でも……、今日このまま帰るのは今日はもう牙城くんに会えなくなるっていうことだから寂しいよ」

　ちょっぴり声のトーンを落とすと、慌てだした牙城くん。

　作戦は……、案外うまくいきそうかも。

「……それはズルくねえかな、百々ちゃん」

　じとっと重苦しい空気を纏う彼は知らないふり。

「あ、あと、かっこいい牙城くん見たいかも……」

「さらにズルいわ。もー……」

　ぐったりして目をつむった彼は、数秒静かになって。

　どうなるかなあと他人ごとでいると、決心したようにぱっと目を開いて言ったのだ。

「集会に来るのはいいとして、俺が目に入る範囲にはいて、絶対」

「うん、わかった」

「ん。ならいい」

　やっといつもの牙城くんに戻り、優しい声が落ちてきた。

　膝枕から上体を起こし、顔を近づけてくる牙城くん。

　ふたりを纏う空気が甘くなり、目が合った。

　美しく揺れる銀髪の彼に惚れ惚れしていると、不意打ちを狙ったかのように、ちゅっと頬にキスをされた。

「なっ……」

　びっくりして頬を押さえるわたし。

だってだって、不意打ちはズルすぎる。

「顔、真っ赤」

　ふっと笑われ、弱い力で彼の背中を叩く。

「不意打ち禁止……っ」

「えー、こういうのは急だからいいんじゃん」

「だめだよ……！」

　顔を熱くするわたしを見て、満足げに牙城くんは片眉を上げた。

「え、でもさ」

　ぐっとさらに距離を縮め、お互いの鼻がくっつくほど近くなる。

　ドキドキと高鳴る鼓動を彼に聞かれまいとこっちは必死なのに。

　麗しく微笑む彼は、いじわるく言うのだ。

「百々ちゃんに可愛いこと言われてふつうに我慢できないよねって話」

　……クラッとするほどの甘い香りが鼻をかすめて。

　余裕綽々の彼にはやっぱり勝てないと思った。

「お疲れさまです、渚さん！　お久しぶりです、モモさん！」

　【狼龍】の集まりの場、いわゆる倉庫という場所に着くやいなや、ずらっと一列に並んでお迎えしてくれるメンバーのみんな。

　その先頭に立って声をかけてきたのは、今日もキラキラの笑顔を絶やさない紫苑くん。

　あれから２カ月ほどしか経っていないのに、少しだけ身長が伸びたように思う。

　男の子の成長は早いなあ、なんてほのぼのしていると。

「うわっ、やっぱモモさんかわええ……」

「それな。じつは俺、前見たときから一目惚れでさ」

「ちっさくて守ってあげたくなるよな……」

「やめろよ、おまえら。うわっ、ほら渚さんの目が据わってるって……！」

　なにやらメンバーのみんなが、わたしたちを見てコソコソとお話をしている。

　なんの話題かは聞こえないけれど、わたしたちに聞かれたくはなさそうだ。

　しかも……みんななんだか牙城くんの機嫌をうかがってない？

　おそるおそる彼を見ているような……。

　首を傾げていると、横にいた牙城くんが低いトーンで声をかけてきた。

「やっぱ、帰ろうか。百々ちゃん」

「えっ……！　なんで？」

　びっくりして、ぱっと彼を見上げる。

　美麗な微笑みは相変わらずだけれど、驚くほど目が笑っていない。

　冷たいオーラに思わず目をぱちぱちさせてしまう。

　……わたし、なにか怒らせるようなことしたっけ？

　振り返るも、心あたりがない。

　それならこれ以上考えても無駄なわけで、困惑したまま牙城くんを見つめていると。

　ちらりと私に視線を向けた彼は、目を細めてため息をついた。

「だよな、百々ちゃん鈍感だよな……」

　小さくつぶやく彼に、焦ってしまう。

　うーん……、もしかして呆れられてる？

　どうしたものかと頭を悩ませていると、ぱっとすぐ目の前に現れたのは紫苑くん。

「モモさんっ、もうすぐ集会がはじまるので、その前にお部屋に案内します！」

　意気揚々と声を弾ませる紫苑くんの言葉に首を傾げる。

「お部屋……？」

「総長と副総長しか入れないお部屋なのですが、モモさんは特別にと、渚さんが言っていたんです」

　そんなお部屋があるんだ……。

　ほんとに一般人だから、そんなところに案内してもらうなんて恐縮だけど、牙城くんがよくいる場所なら気になるかも。

　それに総長と副総長しか入れないって言ったよね。

　さすが、牙城くんと椎名さんは特別なんだなあ……。

　なんて思っていると、ふと気づく。

　副総長の椎名さん……、まだ来ていないのかな？

　きょろきょろと見回すも見つからない。

　用事かなにかわからないけれど、椎名さんにも会えたら

いいな。

　もちろん、恋人の花葉からもよく近況報告として聞いているんだけどね。

　紫苑くんの話に驚きながらうなずいていると、青筋を浮かべてわたしの腕を引っぱってきたのはあたり前に牙城くんだ。

「あのさ、本人ここにいるんだわ」

　どうやら紫苑くんに威嚇している様子。

　ふてくされたように唇を尖らせている。

　それに負けじと、紫苑くんが返していく。

「ご案内は下っ端の役目です！　モモさんは俺に預けて、渚さんは美耶さんを連れてきてくださいっ」

「は？　無理。百々ちゃんは俺の横が指定席なの。誰にも渡しませーん」

「案内するだけじゃないですかあ……」

「１秒たりとも離さない約束なの。しかも俺の部屋なんだから俺が通すわ」

「むっ！　ち、ちょっとくらい俺にもモモさんとお話させてくださいよーっ」

「やだやだ。誰が自分の女を狙ってる男にホイホイ渡すんだよ」

　べーっと紫苑くんに舌を出して勝ち誇った笑みを浮かべる牙城くん。

　ちなみに腕を引っぱられた勢いでわたしは彼の胸にすっぽりおさまっている。

　温かくてずっとこのままでいたいなあ、なんて思いつつ。

　あまりに牙城くんがいじめすぎて、さすがに紫苑くんが可哀想だよ……。

　紫苑くん、半泣きだし……。

「えっと紫苑くん……、あとでお話する？」

　うなだれている紫苑くんにそっと声をかけると、彼はぱっと表情を明るくさせる。

「……っモモさん！」

　とたんに大きな目を輝かせる紫苑くん。

　……うーん、しっぽを振ってる子犬みたいで可愛い。

　そんなことを言ったら、牙城くんが不機嫌になるから内緒だけどね。

「え？　なに？　百々ちゃん怒るよ。俺」

　ぐぐっと抱きしめる腕が強くなっているのは……、気のせいではなさそう。

　苦しいと思いつつも、さすがに言えない。

「牙城くんのお仲間さんとはわたしも仲良くしたいなあ」

「……上目遣いやめて」

　困ったようにつぶやく牙城くんだけど。

「あとね、たくさんの人が牙城くんに用があると思うんだ。わたしはちゃんとここにいるから、遠慮せずにみんなのもとに行ってきて」

　さっきから、チラチラといくつもの視線を感じていた。

　集会の前ということもあり、忙しいのだろう。

　きっと総長の牙城くんに確認したいことがあるだろう

に、当人がわたしにべったりとくっついているせいで誰も話しかけに来ないんだ。

　わたしがいつまでも彼を独占してはいけないってわかってるから。

　ほんとはちょっぴり寂しいけど。

　その代わり、あとで、……たくさん構ってね。

「ほんっと……、百々ちゃんは世界一俺の扱いうまいよな」

　苦笑しながらわたしを解放する牙城くん。

　観念したように、彼は紫苑くんに言った。

「じゃ、紫苑。百々ちゃんを任せた」

「……っお任せください！」

「指一本でも触れたら殺すよ」

「は、ははは いっ!!」

　紫苑くんの顔、青くなってる……。

　そりゃそうだ。

　牙城くん、去り際にひと睨みきかせてたもの……。

　あれは怖いなあなんて思いながら、あっという間に多くの人に囲まれていく牙城くんを見て、よかったとほのぼのしていると。

「お部屋の案内しようと思ったんですけど……、美耶さんがいらっしゃったらすぐに集会がはじまるようなので、いまはやめときますね」

「あ……、もしかして椎名さん、花葉とデートかな？」

「花葉さんって、美耶さんの彼女さんですよね。たぶんそうですよね、最近ぜんぜん倉庫に来なくてみんな寂しがっ

てるんです」

　苦笑する紫苑くん。

　たしかに副総長がいないのは寂しいだろうし、なにかと大変だろう。

　牙城くんだってあまり顔を出していないようだしね。

　きっといまは、そんな牙城くんや椎名さんの代わりに、紫苑くんと廉くんがみんなをまとめているんだと思う。

　数カ月前より頼もしくなった紫苑くんを見て、胸が温かくなった。

「渚さんもぜんぜん顔出してくれないし……」

「ふふっ……、紫苑くん、ほんとに牙城くんのこと好きなんだね」

「もちろんです！　渚さんがいなかったら、【狼龍】に入ってませんよ」

「じゃあ、牙城くんが憧れなんだね」

「はいっ！　渚さんが喧嘩している姿、すっごく綺麗なんです……。あれは男でも惚れますね」

　にこにこと、嬉しそうに牙城くんのお話をしてくれる紫苑くん。

　後輩に愛されている牙城くんが、素敵な彼氏だということを改めて感じる。

　立っているだけで美しく、絵になる彼。

　わたしの前では甘えてくれる特別感にまたもや嬉しくなっちゃうんだから仕方ない。

　紫苑くんとの会話で盛りあがっていると。

「あ、百々だー！」

「おー、モモチャン、やほ～」

　呑気な声が聞こえてきたと思えば、やってきたのは廉くんに連れられた花葉と椎名さん。

　花葉は制服だけど、椎名さんはスーツ姿だ。

「お久しぶりです」

　小さく会釈してくれた廉くんに返しながら、べったりくっついているふたりを見る。

　椎名さんに肩を組まれて手を振ってくる花葉たちから、幸せオーラが飛んでいてなんだかまぶしい。

　相変わらずラブラブだなあ、と思いながら問いかける。

「やっぱりふたりでデートしてたの？」

　首を傾げながら尋ねると、花葉たちはお互い顔を見合わせて返してきた。

「デートしようと思ってスイーツ食べに行ってたら、廉くんが呼びに来たんだよね」

「そうそ。せっかくの花葉との時間をじゃましに来るなんて、廉って悪趣味だわあ」

「……大事な集会すっぽかして遊んでる人が言わないでください」

　呆れたように言う廉くんからそっぽを向いて、さっそく花葉にちょっかいをかけてる椎名さん。

　もうイチャイチャモードになってしまったふたりから目をそらして廉くんに視線を向けると、目が合った。

「渚さんは……どこに？」

　どうやらこの場に牙城くんがいないのが不思議らしい。
「あ……牙城くんはみんなに囲まれてどこかへ行っちゃったの」
　そう答えるわたしに、廉くんは目をぱちぱちさせて言うのだ。
「渚さんが、モモさん置いてくなんて考えられないです」
　そんなに驚くことかなあ、と思いつつ、わたしだって寂しくなってきた。
　いつもわたしのとなりにいてくれる牙城くん。
　その存在があたり前じゃないことを知っている。
　あまり離れて時間が経っていないのに重症だ。
　そろそろ戻ってきてもいいんだけどなあ……。
　そう思いながら、人数が増えたおかげでにぎやかになった空間でおしゃべりを続けていると。
　ふわっと特有の甘い匂いがして。
「わわっ……」
　後ろから急に抱きしめられたと思えば、大好きな人の声が落ちてきた。
「お待たせ、百々ちゃん」
　待ちくたびれたよ、と頬を膨らませようとしたけれど。
　わたしを解放した彼の格好に衝撃（しょうげき）を覚えて声をあげた。
「牙城くん……、スーツだ」
　銀髪が映える漆黒のスーツ。
　いつも以上に放たれる色気に酔（よ）ってしまいそう。
　スタイルのよさが際立つ格好に、ドキドキが止まらない。

　……ううっ、かっこよすぎるよ。

　この人は、本当にどれだけ惚れ直させれば気が済むんだろう……。

　ぽーっと見惚れていると、牙城くんはおかしそうに聞いてくる。

「なあに、百々ちゃん。俺のスーツ姿好きなんだ？」

　もう……わかってるくせに、いじわるだ。

「うん……、かっこいいよ」

　思わず本音が漏れるも、気にしない。

　前に牙城くんのこの格好を見たときは暗かったからあまりわからなかったけど。

　これは……通りすがった人全員を魅了するほどの美しさだと思う。

「ふだんは言ってくれないくせに、ズルいよね」

　よしよしと優しく頭を撫でてくれる牙城くんと見つめあう。

　甘い空気がふたりの間にただよようけれど。

「なあ、廉。俺らじゃまじゃね？」

「いや、もう集会はじまる時間なのにずっとイチャついてる渚さんたちが悪い」

　コソコソと話している紫苑くんと廉くんの声が耳に入ってきてはっとする。

　すっかり忘れていたみんなの存在に気づいて、牙城くんからぱっと目をそらした。

「廉、もう今日集会おまえに頼むから百々ちゃんと出かけ

ていい？」

「……だめに決まってます。お願いですから終わってから
にしてくださいよ」

　頭を抱えてしまいそうなほど呆れて悲痛な声をあげてい
る廉くん。

　対して牙城くんは大まじめにそんなことを言って困らせ
ている。

　わたしともっと一緒にいたいって思ってくれるのはもち
ろん嬉しいけれど、さすがにもうはじめないとみんな困っ
ちゃうと思うから。

「がじょーくん、あとでね」

　そっと耳打ちをすると、ふっと微笑んだ牙城くんはうな
ずいて。

　手を伸ばしたかと思えば、わたしの頬を優しく撫でた。

「じゃあ、さっさと終わらせよっと」

　それは、集まっているメンバーに失礼なのでは……。

　みんなに聞こえるほどの大きな声で言う牙城くんは、案
の定メンバーのみんなからクレームを浴びていて。

　そんなことは気にしないとでも言うように平然と笑うの
だ。

「こんなとこでキスできないでしょ」

　美しく微笑む彼が、そう小さくわたしに言ってきたこと
は誰も知らない。

「……で、なんで俺の家来てんの？」

　集会後、少しあたりが暗くなってきた頃。

　複雑そうに口を開いたのは、……淡路くんだ。

「だって、雨降ってきたし外暗いから百々ちゃんと出かけられねえんだもん」

「いや、じゃあ牙城の家行くべきでしょ」

「エミの家のが広いじゃん」

「……理不尽かよ」

　呆れたように言う淡路くんに申し訳なく思う。

　数分前、牙城くんに連れられて、花葉と椎名さん含め４人でおじゃました淡路くんのお家。

　噂どおりの豪邸（こうてい）で、部屋が大きい。

　親御さんはまだ帰ってきていないらしく、家にはわたしたちだけだ。

　ことの発端は集会が終わって、【狼龍】のメンバーとの別れを惜しんでいるとき。

　お散歩しようとしていたけれど急に雨が降ってきて。

　牙城くんにどうしようかと尋ねたところ、迷うそぶりもなく誰かに電話をかけたのだ。

「あ、エミ？　いまから４人でおまえん家（ち）行くことになってるからよろしく」

『は、え、なに言ってんの？』

「じゃあ、そういうことでー」

　ブチっと切った牙城くん。

　毎度のことながら雑な電話の切り方をする彼に、問いかけたのは椎名さん。

「え、俺らも行っていーの？」

「エミと百々ちゃんがふたりきりにならないようにカモフラージュな」

「ぜんぜん嬉しくねーの」

　ケラケラ笑う椎名さんと花葉も一緒におじゃますることが決定して、そうこうしているうちに淡路くんのお家に着いていたのだ。

　ちなみに、淡路くんは正式な【狼龍】のメンバーというより牙城くんの補佐的なものであるため、集会は自由参加らしい。

「まあ、いいけどさあ……」

　あきらめたように、「シュガガ」のスイーツや、ジュースを出してくれる淡路くんはやっぱり優しい。

　さっき家族がいないときに勝手におじゃましてしまったことを謝ったけれど、彼は苦笑して言ったのだ。

「牙城はよく来るし、今日は連絡あっただけマシだよ」

　さすが、犬猿の仲に見えて仲がいい。

　信頼しあっているからこそできることだよね。

　ふたりともツンデレなのか、仲良しなのは絶対に認めないけどね。

　そんなことを考えていると、クレープを頬張りながらちょっぴり幸せな気分になった。

　わたしの目の前では花葉が頬をゆるませていた。

「シュガガ最高……」

「そう言ってもらえると、たくさん振るまいたくなるなあ」

　花葉の嬉しそうな言葉に、淡路くんはなんだかんだ喜ん
でいる。

　当の彼女は、たくさんという淡路くんのフレーズに顔が
明るくなって。

「ほんとっ!?」

「まあ、俺のおごりってことでね」

「淡路くんさすが！」

「オイ花葉。ほかの男に愛想振りまくなっていつも言って
んじゃん」

「スイーツには勝てません！」

「俺泣くよ？」

　仲のいいみんなの会話にほのぼのしつつ、牙城くんのと
なりで彼に食べかけのクレープをおすそ分け。

　夜なのにこんなに食べたら太っちゃうだろうなぁ……。

　明日からダイエットがんばろうと思いながら美味しくい
ただく。

　ワイワイと話に花を咲かせているとき、自分のジュース
がなくなったことに気づいて淡路くんに声をかけた。

「淡路くん、お飲み物もらってもいいかな……？」

「もちろん。冷蔵庫にいろいろあるから適当に取って大丈
夫だよ」

　お礼を言って、遠慮がちに冷蔵庫を開ける。

　たくさんの飲み物があって、どれを飲んでいいのかわか
らない。

　これ……、炭酸飲料、かな？

見たことのないビンに入っているものを眺める。

なんの味かわからないけれど、いただこうかな……。

淡路くんのお言葉に甘えてありがたくそれをグラスに入れて、みんなのもとに戻った。

「これ、くっそ甘いんだけど」

わたしが渡したクレープに文句を言う牙城くんのとなりに再度座る。

わたしたち以外の３人は、どうやら恋バナで盛りあがっているらしい。

３人とは会話せずに不機嫌な顔をしている牙城くんに提案する。

「ええ……っ、あ、クッキーもあるって淡路くんが言ってたよ？」

そっちのほうが甘くないと思うけど。

そのお誘いは気に入らないようで。

「んー、俺はこれでいいわ」

ポケットから取り出した安定の棒付きキャンディを口に含んで、わたしの肩にもたれかかってきた。

甘えたい気分なのか、ずっとそこから動こうとしない彼を可愛いなあと思いつつ、グラスを手に取る。

飲んでみると……、甘い、ような不思議な味。

美味しくてグラス１杯飲みきっちゃった。

もっと欲しくなったけれど、花葉の声に呼び止められる。

「ねえねえ、百々。牙城くんのどこが好きなのー？」

「へっ……？」

　突然の問いに慌ててしまう。

　恋バナの続きか、みんなして興味津々にわたしに視線を向けてくるからためらいつつも。

　なんだか火照ってきた頬と体のおかげで、恥ずかしげもなく言えちゃうの。

「がじょーくんの好きなところ……」

　うーん……。

　もちろん、全部だけど。

　それじゃつまらないって言われそうだ。

　ぐるぐると頭の中で考える。

　かっこいいところ、可愛いところ、たくさん知ってる。

　でもね、……やっぱり絞れないよ。

「わたしだけに好きって言ってくれるとこかなあ……」

「うわあ、のろけじゃん」

　聞いてきたくせに、にやにやと肩を突いてくる花葉。

　牙城くんは、なぜか不思議そうにわたしを見ている。

　がじょーくん……どうしたんだろう。

　ふわふわとした意識のなか、パタパタと手で扇ぐ。

　なんだろう、少し熱いな……。

　楽しくなってにこにこしちゃう。

「あとがじょーくんの好きなとこね……、ちょっといじわるなところと、あまえじょうずなとこね……」

　あれ、言いだしたら止まらないかも……。

「え、どうしたの百々。そんなキャラだっけ」

「てかモモチャン、顔赤いけど熱でもある？」

　熱？　ぜんぜん元気だよ。

　みんななんでそんなに焦ってるの？

「ええっ……だいじょーぶ、だよ……？」

　へらへらと笑うわたしに、問いかけてきたのは牙城くん。

「百々ちゃん、……それなに？」

　指差されたのはさっき飲んだグラス。

　ジュースだと思ってたけれど、違うの？

「えっとねえ……これっ」

　フラフラしながら歩いて、冷蔵庫を開け、みんなにビン
を見せた。

　あれ、みんな固まってる……？

　すると、いままで静かに聞いていた淡路くんが絶望した
ように声をあげた。

「朝倉さん……。それ、酒だわ」

「えっ、おさけ……？」

「うん、親の酒」

　またもフラフラした足取りでみんなのもとに戻ろうとす
るけれど。

　どうしてか牙城くんがしかめ面してることに気づき、動
揺する。

　お酒飲んじゃったことに怒ってるのかな……。

　酔ってることに怒ってるのかもしれない。

　でも……、飲んじゃったものは戻せるわけないし、仕方
ないんだもん……っ。

「どうしたらい……っと、わわっ」

　フラフラしていたせいで、ぐらりと体が傾いた。

　そのまま、床に座っていた淡路くんにダイブ。

　淡路くんの整ったお顔が目の前に。

　もちろん、彼も目を見開いていて。

　思ったよりも至近距離になっちゃって、驚いてしまう。

　でも、お酒が入っているおかげか動けなくて、そのまま

でいるしか為す術がない。

　固まったままフリーズしていると。

「……まっじで無理」

　グイッとすごく強い力で腕を引っぱられ、今度は牙城く

んが目の前に。

　いつもならドキドキするのに、いまの牙城くんはとって

も怒っていてしょんぼりしてしまう。

「エミ、部屋どこ空いてんの」

「ああ……、そこは空いてるわ」

　キレ気味の牙城くんに問いつめられ、淡路くんは気まず

そうに手前の部屋を指差した。

　それを聞くなり牙城くんはわたしをひょいっとお姫さま

抱っこし、部屋に入って荒々しくドアを閉めたのだ。

「百々ちゃんの酔いがおさまるまで誰も入ってくんな」

ほしがりな牙城くん【渚side】

「がじょーくん……おこってる？」

　は？　あたり前だろ、ばーか。

　……なんて、大好きな百々ちゃんにはさすがに言えず、無言でうなずいた。

　だってさ、さっきのは突然のイレギュラーだってわかってるけど。

　あまりに急すぎて、頭が回らなかった。

　事故でエミに覆いかぶさっていた百々ちゃんを思い出して、腹が立ってくる。

　あんな光景を目にして、不機嫌にならねえ男なんかいるわけ？

　ふつうにムカつくんだけど。

　倒れるならなんで俺のところじゃねえわけ？

　なにまちがえて酒飲んでんだよ。

　天然なとこも可愛いけど、こんなひどく酔うなら俺だけの前にしてって話なの。

　わかる？

「ご、めんね……」

　うるうると目を潤ませる百々ちゃん。

　酔っているせいで熱いらしく、顔が火照って色気が増している。

　俺は怒ってるのに、こんなんじゃどうしようもない。

　……あーもう、なに、なんなの。

　なんでそんな可愛いわけ？

「あーうそ、怒ってねえよ」

　百々ちゃんの落ちこんだ顔をこれ以上見たくなくて、そう言ってしまう俺は本当に彼女に弱いと思う。

「ほんと……？」

　心配そうに尋ねてくる百々ちゃん。

　いまこの場に俺しかいなくてよかったと心底思う。

　こんな可愛いの、ほかには見せられない。

「うん、ほらおいで」

　腕を広げると、ぱあっと表情を明るくさせて飛びこんでくる百々ちゃんを抱きしめてしまうと、不機嫌な気持ちもどこかへ飛んでいってしまうんだから仕方ない。

　きっと俺、一生百々ちゃんには頭が上がらないんだろうなあと思いつつ、彼女を強く抱きしめた。

「えへへ……、がじょーくん、あったかい」

　無防備な百々ちゃんが心配になる。

　俺以外の男にもこんなふうに甘えてたらと思うとぞっとするし。

　こんなに可愛い子が俺を好きでいてくれてるんでしょ。

　ほんとほかは譲れても、百々ちゃんだけは手放せないんだよな。

　重いって自覚はあるけれど。

　それ以上に、魅力しかない百々ちゃんが悪いんだよ。

　まじで惚れさせることばっか言うし、ズルいよな。

「黙ってくれないと襲うよ」

「がじょーくんならいいよ……？」

「よくねえわ」

　なに言ってんの。

　男、なめんなよ。

「がじょーくん、やっぱりおこってる……っ」

　百々ちゃんは鈍感すぎるから。

　怒ってるんじゃなくて困ってるってわかってくれない。

　またもや目に涙を浮かべる彼女に焦るのはこっちで。

「違うって、百々ちゃん」

「ちがくない……っ」

　ふるふると首を横に振る姿でさえ可愛いと思ってしまうんだから、どうしようもなく末期なんだと思う。

「百々ちゃんさ、俺が嫉妬深い知ってるだろ」

　彼女が大好きで仕方ない俺から言わせてもらうと、エミとのあれ、アウトだから。

　あーやばい。

　また思い出してムカついてきた。

　エミが百々ちゃんのこと気に入っているのをわかってるから、さらに嫌なわけ。

　どうしたらこのイライラがおさまるのかわかんねえ。

「ほかの男と見つめあってるだけでこっちは嫉妬で狂うの」

　百々ちゃんといると、いつも自分のペースが崩される。

　いままでこんなに自分を動かしてくれる人に出会ったことがなかった。

　どうしてか、百々ちゃんの魅力にいつのまにかどっぷりハマって抜け出せなくて。

　俺をこんなに好きにさせてどうしたいの、百々ちゃん。

　妙に色っぽい彼女を見つめる。

　……ほんっと、こんなの聞いてない。

　とろんとした彼女の目に色気を覚えて頭の中の邪念を振りはらう。

　こっちは理性と戦うのに、必死だと言うのにさ。

「……あのね、だいすきだよ、がじょーくん」

　いつだって、百々ちゃんは一枚上手。

　不意打ちだって上等だ。

　急な告白に戸惑っていると、百々ちゃんは俺の上にのっかってくる。

　今日、大胆じゃん。

　彼女の髪が首にかかって、こそばゆい。

　大きな瞳に捕らわれて、目を細めた。

「だいだいだいすきだけど……、まだたりない……？」

　うるうるした瞳と目が合う。

　もー……可愛すぎ。

　だから、上目遣い禁止だって。

　そんな誘い方して、欲情しないわけないよね。

　申し訳ないけど俺のスイッチが入ったから、もうあと戻りできないよ。

「足りないって言ったらどうすんの？」

　形勢逆転。

　今度は俺が押し倒すと、百々ちゃんは赤い頬をさらに染めていく。

　酔ってる相手になにしてんだろって思うけど。

　我慢できないんだから許してほしい。

　あと、煽ってきたの百々ちゃんな。

　少し戸惑っている彼女を見て、もう暴走はこのへんにしとこうかなって考えた。

　そう、俺の理性は確かだったのに。

　それをあっけなく壊したのは紛れもなく百々ちゃんだ。

「わかってくれるまで……こうするのっ」

　スーツのネクタイを引っぱられたと思うと、百々ちゃんの顔が近づいて少し雑なキスが落ちてきた。

　長いキスをしようとしたんだろうけど、やり方がわからないのか、唇が合わさったまま動かない。

　目を開けて百々ちゃんを見ると、思いのほか真っ赤になっていて、我慢できる気がしなかった。

「ほんっと……、可愛いのもたいがいにして」

　角度を変えて百々ちゃんの反応を確かめる。

　必死についてくる彼女に、やっぱり可愛いしか言葉が出てこない。

「んう……っ、が、じょーく……っ」

「黙ってるほうが気持ちいーよ」

「……っ」

　俺の言葉に口を閉ざす従順な百々ちゃんに、支配欲が増す。

　毎回ウブな反応をくれる百々ちゃんが愛おしい。

「嫉妬深くてごめんね」

「は、……うっ」

「それもこれも、百々ちゃんが好きすぎるだけだから。あんま気にしないで」

「んっ、あ、わたしも……ねっ」

　なにかを言いたげな百々ちゃんに気づき、いったん唇を離す。

「ほんとは……がじょーくんとふたりきりが、よかったなぁ……」

　はにかみながらそう言ってくれる百々ちゃんに、思わず軽くキスを落とした。

　それは……、反則。

「俺は、ふたりじゃなくてよかったよ」

　そうつぶやくと、百々ちゃんはとたんに不安そうな表情をする。

　百々ちゃんって、あまり言葉にしないけれど、ほんとはたくさん不安がってるのを知ってる。

　こんな彼女だから、守りたくて独占欲がどんどん強くなるってこと。

「だって、俺、ふたりだけだと確実に襲うよ」

　てか、もう手遅れじゃね。

　この状況、アウトじゃね。

「おそって、いーよ……っ？」

「……ほんと勘弁して」

忘れかけてたけど、ここ人の家。

さすがにこのへんで止めなきゃだめなの。

理性をなんとか取り戻してよっこらせと彼女を起こすも、なぜか不機嫌そう。

「うー……たりない……」

足りないじゃねえよ。

ズリいよ、百々ちゃん。

可愛すぎて、監禁したい。

俺の家ならベッドに連れてくとこだけど、まじでエミの家で助かった。

「これで許して」

ちゅっと小さな唇にキスをしたあと、それを甘く噛んだ。

小さく声を漏らす百々ちゃんの頬を撫でて、抱きしめた。

「がじょーくん、あのね」

話しかけてくる彼女に耳を傾ける。

「がじょーくんの大好きなところ、いっぱいあるけど……ほんとに、ぜんぶが愛しいの」

少し酔いが冷めたのか、しっかりした口調になった百々ちゃんの言葉を聞く。

想いを言葉にしようとしてくれるだけで、俺は幸せ。

これ、本当な。

「だから、嫉妬深くてもだいじょーぶだし……、嬉しいよ」

こんなことを伝えてくれる百々ちゃんだから、俺はまた彼女に沼っていくんだと自覚する。

愛しくて愛しくてたまらない百々ちゃんを。

　ありったけの愛を込めて抱きしめると、百々ちゃんは照れくさそうに笑った。

「がじょーくん……ちょっと痛いなあ……」

「百々ちゃんが可愛いのが罪」

「ええっ……」

　困った顔さえ愛おしい。

　こんな俺を愛してくれる百々ちゃんが愛おしい。

「てかさ、さっきから通知来てんなって思ってたらさ」

　ポケットから取り出したスマホの画面を百々ちゃんに見せる。

　それをのぞきこんだ百々ちゃんは、ふふっと笑った。

「七々ちゃん過保護なんだから……」

「やべえ、俺あいつに殺されるわ……」

　着信、5件。

　メッセージ、16件。

　ぜんぶ、七々から。

【百々と一緒にいるでしょ!!】

【百々が返信くれないんだけど!?】

【もう遅くて危ないんだから至急百々をうちに帰らせること】

【送り狼とか、いつでもかかと落としの準備できてるからね】

　最後のメッセージ、怖すぎ。

　笑えなくて口もとをヒクつかせてしまうけど、百々ちゃんは七々からの心配のメッセが嬉しいのか、微笑んでいて。

「もう帰ろうかなあ……」

「さっきは甘えてくれてたのに」

「えへへ、ほんとに大好き。牙城くん」

　もう、やっぱり百々ちゃんはズルい。

　不完全燃焼だけど、そろそろ送らないとなと思って立ち
あがったけど。

　とたんに少し背伸びをした百々ちゃんが肩に手をのっけ
てきて。

　頬にキスを落としてくるものだから、頭を抱えた。

　けどさ、……彼女が可愛すぎるなんて幸せな悩みだよな。

　そう思ったら百々ちゃんの頭を撫でるほかなかった。

「ん、俺も大好き」

　次は我慢しないからね。

　あと、大人になっても酔うのは俺の前だけにしてね。

　つまり、ずっととなりにいてってこと。

　ふわっと微笑む百々ちゃんと、もっとずっと一緒にいら
れるのなら。

　このまま送り狼になってもいいかななんて思ったのは、
ここだけの話。

Fin.

あとがき

　はじめまして、こんにちは。朱珠*です。

　この度は数ある書籍の中からこの本をお手に取ってくださり、誠にありがとうございます。

　わたしがはじめて自分の作品を書籍化させていただいてから、早2年。その間に多忙のため活動休止をしたり、立派にスランプに陥ったりして、もう自分の作品が本になる、あんな素敵な経験をすることはきっとないんだろうなあと思いながら過ごしていました。

　じつはこのお話も完結できるとすら思っていませんでした。ですが、なんとこの作品もありがたいことに書籍化していただけることになりました……！　本当に嬉しいです！

　さてここで、この物語の誕生秘話についてお話しようと思います。作者自身、ツンデレが大好きでいままでクールなタイプの男の子を好んで書いていたのですが、ある日、ふと思いついたんです。重すぎる超一途な溺愛男子を書いてみたい！って。暴走族のお話も執筆したいと思っていたため、それからはストーリーを考えだしたら止まらなくて。

　スランプで書けなくなって辛い時期もありましたが、野いちごの読者様は、本当に温かいですね。みなさまの優し

いお言葉に励まされ、やっとこの作品を完結できました。
さらに1冊の本になるなんて、わたしは本当に幸せ者です。
幸せだー！って叫びたいです。うふ。

　にしても、牙城くんはだいぶ重いですよね。書籍化に伴って甘い番外編も追加して、さらに牙城くんの激重愛があきらかに……。読者様に人気だった椎名も溺愛男子の道へ進んでいっているのですが、誰かにこんなに愛されるのって、本当に素敵なことです。
　百々と牙城くんがお互いがお互いでないとだめなように、そんな運命的な恋って憧れるものですね。うらやましい！

　最後になりましたが、うんと可愛いイラストを描いてくださったカトウロカ様（もう本当に表紙のふたりを眺めてはにやにやしてます……！）、たくさん支えてくださった担当者様、出版に関わってくださったすべての方々にお礼申し上げます。

　この出会いに感謝と愛を込めて。

2022年10月25日

朱珠*

作・朱珠*（すず）

大阪府在住の学生。ツンデレとスイーツが大好物。休日は推しを眺めてまったりするのが幸せ。飽き性だが、本当に好きなものには一途。毎日が充実していて時間が足りないのが最近の悩み。2020年に『憧れの学園王子と甘々な近キョリ同居はじめました♡』で書籍化デビュー。ケータイ小説サイト「野いちご」にて執筆活動中。

絵・カトウロカ

11月24日生まれのO型。宮城県出身の漫画家。好きなものはミッフィー。

ファンレターのあて先

♥

〒104-0031

東京都中央区京橋1-3-1

八重洲口大栄ビル7F

スターツ出版（株）書籍編集部 気付

朱 珠*先生